JEANNE AVANT JEANNE

DU MÊME AUTEUR

Satan Junior, roman, Librinova, 2022.
La Tuile, roman, Albin Michel, 1978.
Tout nu, roman, Albin Michel, 1976.

ALEC MEDIEFF

JEANNE AVANT JEANNE

roman

l'Archipel

Notre catalogue est consultable à l'adresse suivante :
www.editionsarchipel.com

Éditions de l'Archipel,
92, avenue de France
75013 Paris

Contact : info@lisez.com

ISBN 978-2-8098-5264-6

Tu, Johanne, de bonne heure née,
Benoist soit cil qui te créa !

Christine de Pizan,
Ditié de Jehanne d'Arc
(1429)

1

C'est accablée par une profonde lassitude que Jeanne laissait traîner un regard éteint sur ses moutons. Cet animal privé de toute personnalité ne lui inspirait aucune empathie. Comment trouver le moindre intérêt à garder chaque jour que Dieu fait cette bête insignifiante ? Le chat, le chien avaient un langage et des manières tantôt affectueuses, tantôt hostiles. Des êtres, quoi ! Une connivence les reliait aux humains. Rien de cela chez le mouton. Machine à brouter, il s'empiffrait tout en marchant tête baissée. Il ne serait jamais venu à l'idée de l'un d'entre eux de lever le nez pour se situer. La queue de celui qui le précédait constituait son unique repère au monde. Isolé de son troupeau par accident, il ne savait plus du tout où il se trouvait. Le plus sot des chiens aurait suivi la Meuse pour revenir à Domrémy, pas le mouton. Jeanne comprit qu'on lui confiait la tâche imbécile de garder des imbéciles. Ce soir-là, elle sentit monter en elle ce que l'abbé Séroux appelait « des langueurs d'âme ».

Au fil de ses interminables journées, sa seule distraction était de promener un œil lassé sur la vallée. Elle avait seize ans aujourd'hui et, aussi loin que remontaient ses souvenirs, elle avait toujours regardé la Meuse du même point de vue. Du même. Sa faculté d'observation s'en trouvait comme épuisée. Les paupières baissées, elle aurait tout aussi bien vu le paysage. La Meuse dessinait là un méandre accentué. Si accentué que son arrondi se refermait presque sur lui-même. Selon l'abbé Séroux, le fleuve formait une lettre grecque appelée *oméga*. Que signifiait *oméga* ? Que signifiait « grecque » ? Et jusqu'où coulait la Meuse ? Une fois, alors qu'elle rechargeait le feu, elle avait écouté une conversation entre son père et son ami Joaquin Droiteval, le bourrelier de Gondrecourt. Il prétendait que les fleuves tels que la Meuse se jetaient dans la mer. On ne connaissait aucune mer, en Lorraine. À combien de lieues se trouvait donc la mer dans laquelle se perdait la Meuse ? Ce fleuve traversait combien de fiefs ? De duchés ? Et pourquoi pas de royaumes ? Jeanne eut honte d'elle-même. Elle était par trop ignare. Elle ne connaissait que le nom de ses moutons, ainsi que leur nombre. Les larmes lui montèrent aux yeux.

On avait appris à lire à ses trois frères, Jacquemin, Pierre et Jean, mais pas à elle, pas plus qu'à sa sœur Catherine. C'eût été une perte de temps. Les filles étaient nées pour baisser les yeux, obéir au père, aux frères, puis plus tard au mari. Car sitôt formées, on les affublait d'un bonhomme pour qu'elles fassent des enfants, afin d'économiser des domestiques et que les terres demeurent dans la famille. C'était comme ça. Dieu avait donné l'hégémonie aux hommes. Pourquoi ? Son père ainsi que l'abbé Séroux avaient toujours éludé cette question lorsqu'elle l'avait posée. Inculte comme elle l'était, elle ne trouverait jamais un travail autre que bergère. Même si elle apprenait à lire avec l'un de ses frères, on ne donnerait nulle part sa chance à une femme. Elle était née à Domrémy, elle y vivrait, elle y mourrait. Comme ses moutons. Jeanne sanglota.

Elle s'empressa d'éponger ses yeux. On venait. La poussière montait derrière le rideau de saules qui cachait le chemin longeant la Meuse. Un galop, puis des galops résonnèrent crescendo. Des épées tintinnabulèrent sur des armures. Des guerriers, donc. Nombreux. Peut-être des déserteurs. Les plus dangereux. Ils pullulaient en Lorraine. Haletante, elle fila s'accroupir dans la haie creuse que son prévoyant papa lui avait aménagée. Ainsi, elle ne se ferait pas violer comme la plupart des bergères du village l'avaient été.

Les cavaliers parurent. Ils étaient sept. Mirent pied à terre. C'était donc précisément ici qu'ils venaient. Avait-elle été repérée de loin ? La respiration de Jeanne se fit courte. Elle se recroquevilla dans sa cachette d'aubépines. Ils éructaient des exclamations dans une langue gutturale. Un parler toutefois moins rocailleux que celui des gens du Saint Empire romain germanique, sur la rive droite de la Meuse. Ils portaient de longues chasubles blanches frappées d'une croix rouge. Les cheveux de certains avaient la couleur des fougères en automne. Ils étaient donc de ceux que l'on surnommait « les Rouquins », les envahisseurs. Ils égorgèrent chacun un mouton. Chargèrent les dépouilles sur la croupe de leur cheval. Puis ils repartirent comme ils étaient venus. Vers le sud. Vers Neufchâteau.

La flaque de sang dans l'herbe rassura Jeanne. Son père croirait au pillage et ne l'accuserait pas d'avoir laissé filer sept moutons.

Jeanne se remit à pleurer tout son soûl. Elle n'aurait pas eu la haie creuse pour se cacher qu'ils la violaient tous les sept. Les humains mâles lui faisaient horreur. À la différence des animaux, leur période de rut durait toute l'année. Ils profitaient de leur force pour contraindre les jeunes filles, en lesquelles ils ne voyaient que des femelles. Ce que ne faisaient jamais les béliers avec leurs juvéniles. Monstrueuse société sous la coupe de mâles dominants. Comment la fuir ? Où se réfugier ?

Se sauver de Domrémy ? À quoi bon, ce serait pour aller survivre en mendiante dans le gigantesque champ de bataille qu'était la France. Elle n'avait que seize ans et la guerre durait depuis neuf décennies. N'y avait-il donc que le Ciel pour quitter ce sombre monde ? Son chagrin redoubla.

À l'ouest, sur la crête de la colline des Roises, les cieux enflammèrent les hêtres. Il était temps de rentrer ces imbéciles de moutons. Elle trempa son mouchoir dans la Meuse, tamponna ses yeux bouffis pour éviter d'avoir à justifier ses larmes à la maison. Si jamais elle avait la faiblesse de s'épancher, comme d'habitude ses parents seraient incapables de trouver les mots pour la réconforter.

Ils écossaient des fèves. Quand elle franchit le seuil, Jacques, son père, donna un coup de menton, désignant leur fille à son épouse Isabelle.

– Ça y est ! Elle nous fait encore la tête.

Les deux la suivirent du regard tandis qu'elle gravissait quatre à quatre l'escalier qui menait à sa chambre. À l'étage, la porte claqua sec.

Jacques d'Arc grommela :

– Le dîner, ça va encore être rigolo ce soir…

Quittant la table, Isabelle leva les yeux au ciel. Elle emplit son tablier de fèves écossées, alla les verser dans une jatte contenant l'eau où elles devraient tremper. Jacques, lui, n'avait cessé de bougonner. Il remâchait son mécontentement pour la énième fois.

À longueur de journée, il lui fallait supporter les bouderies de sa fille. Elle avait pourtant tout ce qu'une bergère pouvait souhaiter et même bien au-delà. Enfin, quoi ! un troupeau de plus de cent têtes, ce n'était pas confié à n'importe qui. En plus, c'étaient des bêtes d'une race de qualité supérieure, même qu'on les leur enviait, à Domrémy. Mais ce n'était pas assez pour mademoiselle ! Alors quoi ? C'était à désespérer.

Isabelle vint se planter face à Jacques, qui demeurait assis à bougonner, coudes sur la table, tête dans ses mains. Elle emplit un panier des cosses de fèves, pour les lapins. Ce faisant, elle fixa son mari en hochant la tête.

– Faut dire que si elle est taiseuse, toi tu n'es guère causant.

– Ça y est ! Ça va encore être ma faute.

– Non, mais ton père on l'entendait pas souvent, avoue.

– Qu'est-ce qu'il vient faire ici, mon pauvre papa ?

– L'abbé Séroux m'en a parlé.

– L'abbé Séroux ? Il n'a jamais connu papa ! Il a été nommé à l'église Saint-Rémy trois ans après sa mort.

Isabelle apprit à Jacques ce que l'abbé Séroux lui avait expliqué : si Dieu donnait à chaque être humain un visage à nul autre pareil, c'était pour qu'on n'aille pas pécher avec le mari ou la femme du voisin en prétextant la confusion. Par ailleurs, pour que chaque être humain ne souffre pas de son unicité, pour qu'il se sache appartenant à une famille, il mettait dans nos têtes un petit quelque chose de nos parents. C'est comme ça que le papa de Jacques ne parlait pas beaucoup, lui-même un peu moins et Jeanne pas du tout.

Jacques eut envie de taquiner Isabelle en lui avouant qu'il l'enviait d'avoir un conseiller aussi avisé que l'abbé Séroux. Ce sage, sans doute vierge, jugeait avec un certain recul, puisqu'il n'avait ni femme ni enfant, et encore moins une ado fermée contre laquelle se fracasser la tête. Mais une plaisanterie visant le prêtre aurait provoqué la colère d'Isabelle. Tout ce que disait l'abbé Séroux était pour elle – cela allait de soi – parole d'Évangile.

Jacques médita un instant sur ce qu'avait appris l'abbé Séroux à Isabelle. En toute bonne foi, il cherchait avec difficulté à en extraire quelques fragments utiles. Ce qui lui prit un certain temps. Silence qu'Isabelle prit pour du désintérêt.

– Tu ne réponds rien. Je peux toujours parler.

Ainsi, même réfléchir était répréhensible ! La moutarde monta au nez de Jacques.

– Mon père était peut-être un taiseux, mais lui, les ribaudes de la taverne Chez la Rousse ne le tutoyaient pas. Alors que le tien…

Le trait fit mouche. Isabelle se mit à hurler à tue-tête.

– Ah, c'est joli, reprocher sa vie privée à un mort ! Et le grand-père de sa fille, en plus. Si j'avais la force, je ferais ça avec ta tête.

Elle fracassa la jatte qui avait contenu les fèves en la précipitant sur le sol carrelé.

Alertée par le vacarme, Jeanne dévala les escaliers. Elle passa comme une flèche devant eux. Sur le point de quitter la maison, elle leur lança :

– Votre dîner, ça va encore être rigolo ce soir…

2

Le dimanche, une fois la messe et les vêpres célébrées, Jacques et Isabelle autorisaient Jeanne à se rendre dans les bois au-dessus de Domrémy, au Bois-Chenu. Un lieu habité par les fées, disait-on. Les jeunes filles du village s'y rendaient pour y former des rondes. En aube blanche, couronnées de fleurs, elles chantaient des poèmes écrits et mis en musique, au pipeau, par l'abbé Séroux. Si l'harmonie musicale était discutable, l'intention était charmante. Le soir venu, elles redescendaient au village, toutes heureuses de leur après-midi enchanté.

Pas de ça pour Jeanne !

Elle n'avait aucun point commun avec les autres Domrémoises de son âge. Ces filles passaient leurs journées à filer la laine, à broder, à coudre, tout en susurrant de suaves cantilènes laissant imaginer la venue d'un hypothétique prince charmant. Leur rêve le plus fou était d'allaiter chaque année au cours des dix ans à venir. Pendant que ces jeunes filles couinaient leurs complaintes, Jeanne vous débitait un stère de bois à la cognée comme si c'était une partie de rigolade.

Chaque dimanche, au sortir des vêpres, Jeanne prenait le chemin du Bois-Chenu, sous le regard attendri de ses parents. Cependant, sitôt hors de leur vue, elle obliquait vers un pré situé sur le chemin de Greux, au nord de Domrémy. Là l'attendait sa copine Mathilde

Hardt. Comme loisir, et pour exister, avoir le sentiment de vivre quelque chose hors de ces journées mortelles à regarder brouter des moutons, Jeanne prenait des cours d'arts martiaux donnés par son amie. Elle joignait ainsi l'utile à l'agréable, si jamais un Rouquin ou n'importe quel mâle en rut avait voulu lui voler sa virginité.

Sa copine Mathilde lui enseignait le maniement de l'épée, la lutte à mains nues et même la frappe à la masse d'armes à cheval. Jeanne excellait à cet exercice. Elle s'y amusait beaucoup. Un mannequin bras en croix était fixé sur un axe rotatif au milieu du pré. Il s'agissait de foncer sur lui à cheval, de lui assener un coup à lui fracasser le crâne. Puis d'esquiver l'épée du mannequin, qui tournait à toute vitesse sur lui-même sous le coup reçu.

Mathilde Hardt, fille du forgeron, forgeronne elle-même, n'avait pas son pareil pour façonner un soc de charrue incandescent à grands coups de masse sur une enclume. Ses impressionnants biceps faisaient qu'on ne se moquait de sa « différence » que dans son dos. En dessinant Mathilde, le Bon Dieu semblait avoir eu la tête ailleurs. On eût dit qu'il avait démarré une première esquisse de fille. Puis, se ravisant, il avait essayé de la transformer en garçon. Pour finir, peut-être appelé sur une tâche plus urgente, il avait abandonné son ébauche en l'état.

Mathilde forgeait des lames d'épée, décabossait heaumes et casques et redressait les lances tordues pour le château de Vaucouleurs, où siégeait Robert de Baudricourt, le capitaine de la région. Les soldats la traitaient comme une bonne copine. Aucun n'aurait risqué la moindre privauté avec elle. Elle se plaisait au contact rugueux des soldats; toutefois, que l'armée n'engageât point de filles la chagrinait. Guerroyer lui aurait plu. En guise de compensation, on l'avait autorisée à se mêler aux hommes de troupe pour qu'elle suive avec eux des cours de combat, tant à l'arme blanche qu'à mains nues. Sans oublier la course à cheval, où elle leur mettait assez souvent plusieurs longueurs dans le nez.

C'est de longue date que le père de Jeanne était client de la forge Hardt. Depuis l'enfance, les deux gamines avaient joué ensemble. La « différence » de Mathilde n'était apparue que graduellement au fil de l'adolescence. Jeanne, chrétienne atypique, se refusait à juger autrui, et le qu'en-dira-t-on, elle s'en faisait un chapeau.

Jeanne n'avait pas que Mathilde comme amie, elle nourrissait aussi une grande affection pour Macaire Burey. Il avait vingt et un ans, soit cinq années de plus qu'elle. Sa pauvre jambe gauche n'était plus qu'un moignon, ce qui lui avait autrefois attiré moqueries et brimades. Entre autres, des garnements shootaient dans sa béquille pour le faire tomber. Jeanne jouait pour lui le rôle de garde du corps. Un jour, deux garçons l'avaient malmené en sa présence. Les imprudents s'étaient sérieusement fait amocher. Les brimades avaient cessé. Jeanne s'insurgeait pourtant à l'idée que seule la violence puisse amener la paix. Macaire était un petit intellectuel maigrichon, sa seule force était dans sa tête qui par malchance était rousse. En ce temps-là, les paysans affirmaient que les roux naissaient sous la protection du diable. Ce qui, à dire vrai, ne fut jamais prouvé.

Le jeune homme avait appartenu à une famille nombreuse. Ne pouvant nourrir toutes ses bouches, le père avait trouvé une astuce pour lui faire payer son écot à la table commune. À l'âge de deux ans, il lui avait fait passer la jambe gauche sous la roue d'un chariot. Il pourrait de la sorte mendier en exhibant son moignon à la porte des églises. Cette façon de faire, banale à l'époque, avait fortement déplu à Macaire. Aussi, il vouait à son père une rancune aisément excusable. Adolescent, il avait fugué à Toul. Alors qu'il faisait la manche sur le parvis de la cathédrale Saint-Étienne, un dominicain avait décelé en lui un garçon fait pour les études. Ce qui s'était avéré. Il était devenu un brillant copiste, traducteur de langue germanique en latin. Compulser mille manuscrits lui avait apporté de grandes connaissances historiques. Elles faisaient l'admiration de Jeanne autant qu'elles l'intimidaient.

Macaire était l'ami d'un certain Colet de Vienne. Ce garçon exerçait un métier qui fascinait Jeanne, il était l'un des messagers du capitaine Robert de Baudricourt et assurait la liaison avec le dauphin Charles, réfugié à Bourges pour des raisons qu'ignorait Jeanne. De jour comme de nuit, il parcourait d'immenses étendues entre Vaucouleurs et la Loire, à plus de cent lieues. Même si c'était dangereux en raison du brigandage ou des attaques des soldats de l'armée d'occupation, cela n'en était pas moins excitant. Jeanne se serait bien vue messagère. Messagère ! Traverser des campagnes au galop, voir du pays, voir des gens, parler à des personnes nouvelles, faire un métier utile loin de Domrémy où chaque journée était la jumelle de la précédente. Ô, foutre le camp !

Un soir, Macaire, Colet et elle se promenaient le long des berges de la Meuse. Une fraîcheur humide montait des eaux assombries. Jeanne éternua. Macaire, prévenant comme à son habitude, lui passa son pourpoint. Depuis un moment Jeanne remettait à plus tard une question à poser à Colet, elle lui brûlait pourtant les lèvres. Ce garçon sachant lire autant la langue germanique que le latin ou l'anglais l'intimidait. S'armant de courage, elle se lança.

– Dis-moi, Colet, ne pourrais-je pas être messagère moi aussi ?

Colet et Macaire se regardèrent en souriant, attendris par la naïveté de leur amie.

– C'est un métier pour cavalier émérite, répondit Colet.

Jeanne se rebiffa.

– Mais je suis une cavalière émérite. Macaire ne te l'a jamais dit ?

Colet lui tapota la joue.

– Chère petite Jeanne, j'ai dit « cavalier ». Sache que l'armée n'emploierait jamais une fille. Sérieusement, tu t'imagines parmi des soldats, avec ton joli petit nez ?

Son joli petit nez ! Que venait-il donc faire ici ? Jeanne les planta là. Elle s'interdisait de pleurer devant eux. Ça aurait trop fait fille. Ses larmes n'étaient pas celles du chagrin, mais celles de la rage. Quelle était donc cette société où tous les métiers n'étaient pas accessibles aux filles ? Et l'Église qui donnait le mauvais exemple en leur interdisant la prêtrise ! Elle en parlerait à l'abbé Séroux. Et si, comme à son habitude, il répond en éludant, il aura affaire à elle, tout prêtre qu'il est. Hors de vue de ses copains, elle s'effondra. Elle ne quitterait donc jamais Domrémy.

Lorsque Jeanne rentra de sa promenade, Jacques s'activait au puits. Il se servait de la margelle comme d'une enclume pour marteler une lame de faux qui avait heurté une pierre. Jeanne passa à quelques mètres de lui pour gagner le seuil de leur maison. À cause du bruit du marteau frappant le fer, elle aurait dû détecter sa présence et lui adresser un petit bonsoir, même esquissé. Jacques alla jusqu'à imaginer qu'elle puisse faire un petit crochet pour venir donner une bise à son père. Mais c'était Jeanne…

Ce pourpoint grenat qu'elle portait, il n'était pas à elle. À qui était-il donc ? Jacques chercha un temps, puis finit par le revoir, à trois rangs devant lui, à la messe du dernier dimanche. Il appartenait à Macaire Burey l'unijambiste. Jeanne et lui étaient assis l'un à côté de l'autre. Ainsi, elle traînait avec Macaire Burey au lieu d'aider sa mère à la confection du dîner. Elle savait pourtant que leur convention était qu'elle fût de retour au coucher du soleil. Le lui rappeler eût été reçu comme une agression. Mieux valait se taire et éviter ainsi une soirée orageuse de plus. Jacques tenta d'imaginer ce que pouvait bien être un dîner en famille sans conflit. Il poserait la question à son ami Joaquin Droiteval. Quoique, c'était peine perdue, le chanceux n'avait plus ni femme ni enfant à la maison.

Peaufinant le fil de sa lame à l'aide d'une pierre à affûter, Jacques se prit à songer. Si Jeanne avait des relations hors mariage avec Macaire, on ne manquerait pas de jaser à Domrémy, ce qui serait catastrophique pour l'image des d'Arc. Et puis, surtout, ça ne passerait pas auprès de son seigneur et employeur Robert de Baudricourt. Ce dévot rigoriste priait à s'en user les genoux. Cependant on pouvait espérer que le blâme collectif finirait par décroître jusqu'à l'oubli. Tout ça, c'était l'avers de la pièce. Quant au revers, on pouvait imaginer un heureux événement après un mariage en bonne et due forme. Autant dire un nouveau petit d'Arc à dorloter. Les yeux de Jacques lui piquèrent.

Franchissant le seuil de leur maison, il tamponna Jeanne qui sortait. Elle brandit le pourpoint grenat.

– Je vais rendre ça.

Il ouvrit la bouche pour la questionner, mais elle était déjà loin. À l'intérieur, Jacques trouva une Isabelle qui fulminait. Elle l'invectiva comme s'il venait de commettre une faute.

– Je suppose que tu ne sais même pas à qui il est, ce pourpoint ?

– Pourquoi je le saurais ? mentit-il.

– Tu n'es vraiment pas un père attentif, mon pauvre Jacques. Dimanche dernier l'unijambiste roux le portait à la messe. Il était assis à côté de Jeanne. Tu ne vois jamais rien.

– À la messe, quand je prie je ferme les yeux.

– Tu les ouvriras peut-être quand ce sera le drame.

– Quel drame ?

– Il a beau être unijambiste, il n'est pas amputé d'où je pense. L'abbé Séroux m'a appris qu'un bonhomme qui avait un problème physique quelque part compensait par une suractivité autre part. Tu devines laquelle.

– Tu vois le mal partout.

– Juste dans la culotte.

L'angoisse mêlée de colère faisait adopter à Isabelle un parler vulgaire qui n'était pas le sien. Plutôt que de le lui faire remarquer, Jacques s'empara du soufflet pour ranimer le feu, qui n'en avait nullement besoin. Elle revint à la charge.

– Elle va nous faire un rouquin en dehors du mariage. Tout Domrémy saura qui est le père, il n'y a que lui au village qui exhibe une tignasse queue-de-vache. Ou alors pire, on croira à un soldat anglais. Je les entends d'ici. Je te préviens, Jacques, le dimanche matin il faudra que tu attelles Pompon ou Ruban à 6 heures et que tu m'emmènes à Greux pour ma messe. Je ne pourrai jamais prier ici en supportant leurs regards.

Jacques se rapprocha de la cheminée. Il pendit la marmite de leur soupe à la crémaillère. Il voulait s'évader par la pensée, mais Isabelle, tenant une idée, ne la lâchait pas avant de l'avoir pressée jusqu'à ce qu'elle n'exprime plus rien.

– Avec une jambe atrophiée comme celle de son père, ton petit-fils ne pourra même pas t'aider aux travaux de la ferme et des champs.

Jacques eut envie de rire mais se retint, c'était trop risqué. Il préféra tenter de la raisonner.

– Sa patte rabougrie, c'est la faute de son salopard de père. Il l'a fait passer sous un chariot quand il avait deux ans. C'est comme un accident. Ça ne se transmet pas, les séquelles d'accident.

– « Son salopard de père. » Tu inventerais n'importe quoi pour le défendre. Moi, j'ai déjà vu une brebis à la patte atrophiée qui avait un petit avec une patte atrophiée.

Elle était trop hermétiquement fermée, il sentit que sa force de conviction ne serait jamais à la hauteur de la tâche. Il ne comprenait pas pourquoi les mystères de l'hérédité tarabustaient autant sa femme. Jacques ne put parvenir à réprimer un sourire. Bien qu'elle lui en demandât la raison, il s'interdit de la lui donner. Le père d'Isabelle louchait comme si chacun de ses yeux fixait l'autre. Et son fils aîné, Salvin, était affecté du même strabisme. Lorsqu'ils dialoguaient, il était impossible de savoir qui regardait qui. Remettre les Romée sur le tapis était l'assurance d'une nuit blanche. Pour rigoler tout à son aise, Jacques prétexta qu'il devait aller chercher du bois au bûcher. Elle lui fit observer qu'il en restait bien plus qu'il n'en fallait pour toute la soirée. Au hasard, il répondit :

– Mieux vaut être prudent.

Elle haussa les épaules.

Vint la nuit. Le toit de la maison se prolongeait par celui d'un appentis abritant des clapiers. Une chouette y nichait. Elle hulula. Depuis leur coucher, Jacques n'avait pas fermé l'œil. Il tenta de dormir sur le dos. Quelle pouvait bien être la nature des relations entre Jeanne et ce Macaire ? Trois coups résonnèrent à la cloche de Saint-Rémy. Il se mit sur le côté droit. Ils semblaient bien s'entendre, tous deux, trop bien ou pas ? Il se mit à plat ventre. Isabelle dormait en émettant un son identique à celui du soufflet de la forge des Hardt. S'il n'avait craint les représailles, il lui aurait bien flanqué un bon coup de talon dans le mollet. Il se mit sur le côté gauche. Jeanne avait toujours repoussé les avances des garçons, faisait-elle une exception avec celui-là ? Un vent d'est s'était levé, un volet battait au rez-de-chaussée. De l'abbé Séroux, il n'obtiendrait aucune information. D'autant qu'il était le confesseur des deux : secret professionnel.

Jacques se leva pour aller fixer ce volet exaspérant. Avant d'emprunter l'escalier, histoire de lui voler une bise pendant son sommeil, il entra sur la pointe des pieds dans la chambre de Jeanne. La pleine lune projetait sur son lit le rectangle laiteux de sa fenêtre ouverte.

Un lit sans Jeanne dedans ! Sans Jeanne dedans ! Jacques d'Arc resta pantois. Sa petite Jeannette, sa pucelle chérie découchait !

Le matin finit enfin par arriver. On était jour de marché. Ils se levaient en retard, ce qui pour Jacques était une chance. Isabelle n'entra pas dans la chambre de Jeanne pour la secouer. Jacques n'osait imaginer l'explosion si elle avait découvert l'absence de sa fille. Isabelle fila directement sous l'appentis pour encager des lapins qu'elle comptait vendre. Jacques remercia le Ciel pour ce sursis. Il n'avait pas dormi une seule minute, le moindre éclat de voix lui aurait vrillé les oreilles et explosé le crâne.

Isabelle, roulant sa brouettée de cages à lapins, passa devant le potager de l'abbé Séroux. Elle le surprit à quatre pattes, en train de repiquer des pousses de laitue. Bien qu'en retard, elle ne put s'empêcher de l'interrompre. Elle voulait savoir si une personne qui s'était fait broyer la jambe quand elle était petite pourrait avoir des enfants normaux. L'abbé devina tout de suite à qui elle faisait allusion.

– C'est à Macaire Burey que tu penses ?

– Pas spécialement, mais si vous y tenez on peut le prendre comme exemple.

– Chère Isabelle, une jambe broyée c'est un accident. Dieu peut punir quelqu'un en lui faisant survenir un accident, mais ce serait injuste de faire subir son châtiment à sa descendance. Dieu n'est jamais injuste. Macaire Burey peut très bien avoir un enfant normal. Sauf…

– Sauf ?

– Sauf s'il le fait hors mariage. Alors là, je ne réponds de rien.

3

Ce matin-là, Jacques avait projeté de faucher de la luzerne pour les lapins ; ces voraces attendraient. Il ne pouvait perdre une minute de plus. Son devoir était d'affronter la vérité séance tenante. Fût-elle terrible. Il devait foncer chez Macaire afin de les surprendre. S'il y avait bagarre avec Jeanne, il y aurait bagarre avec Jeanne. Le garçon habitait à moins d'une demi-lieue sur le chemin de Greux. Pris de sympathie pour ce jeune intellectuel handicapé, l'abbé Séroux lui avait offert le gîte dans une grange désaffectée depuis le décès d'un vieux berger qui l'avait léguée à la paroisse.

Au cœur d'un verger s'élevait la grange aux murs en torchis et à colombages, couverte de chaume. Sis au fond du terrain se dressait un petit cabanon construit en bardeaux de sapin. Il avait dû jadis abriter des chèvres. À présent c'était une chambrette qui hébergeait les ecclésiastiques de passage venus de Toul pour donner ou prendre les traductions confiées à Macaire.

Bien que l'atmosphère matinale fût paisible, c'est très tendu que Jacques arriva sur place. Un voile d'une brume en lambeaux flottait sur les prés bleutés. Les hautes herbes imbibaient de rosée ses bas-de-chausses. À peine était-il arrivé qu'il lui fallut bondir derrière le tronc d'un épicéa séculaire. Jeanne sortait du petit cabanon. Elle alla tambouriner à la porte de la grange. Après un long moment, Macaire ouvrit. Il avait ses cheveux rouges en bataille, son visage poupin tout bouffi de sommeil. Ils échangèrent trois mots. Ils s'embrassèrent comme frère et sœur. Elle le quitta pour emprunter le chemin d'où arrivait Jacques. Pour ne pas être vu, il tourna autour du tronc de l'épicéa au fur et à mesure qu'elle passait devant lui. Lorsqu'elle se fut éloignée, il poussa un grand « ouf ». Ils avaient dormi chacun de son côté.

Apaisé, il laissa Jeanne le devancer d'une bonne distance pour lui permettre de rentrer chez eux. Puis il se débusqua enfin de derrière l'épicéa pour emprunter le même chemin. Il sursauta. Macaire le hélait dans son dos. Ainsi le jeune homme n'avait-il pas refermé sa porte après le départ de Jeanne ; s'éloigner en jouant au sourd lui semblait tout à fait absurde. Mais comment expliquer sa présence ici ? Fine mouche, Macaire lui économisa une question gênante en parlant le premier.

– Rassurez-vous. Quand elle dort chez moi, c'est là-bas et moi ici.

– Je n'ai jamais été inquiet, bafouilla Jacques.

Macaire sourit. Jacques ne put s'empêcher d'en faire autant. Il l'invita à partager son bouillon matinal. Jacques s'étonna.

– Vous qui êtes jeune, vous ne buvez pas de thé*[1], ce breuvage à la mode ?

Macaire fit une moue de dégoût. Il ne touchait jamais aux importations de l'envahisseur, pas plus au *porridge* qu'aux *kidney pies*, qu'il aimait pourtant bien. L'occupation n'aurait qu'un temps, il avait hâte que cette saloperie de tisane retourne avec les Rouquins dans leur île. Jacques, qui détestait se frotter à la politique,

1. Les mots suivis d'un astérisque font l'objet d'une note en fin de volume.

comprit que s'il voulait rester en bons termes avec Macaire, mieux valait éviter le sujet.

Pour Jacques, si savant qu'il fût, Macaire avait le défaut de tous les jeunes. Il ne prenait pour vérité que ses convictions, quant aux réalités il en faisait fi. La France appartenait légitimement aux Anglais à la suite du traité de Troyes conclu alors que Jeanne avait huit ans. Les Anglais étaient en train de récupérer leur bien au siège d'Orléans. Inutile de provoquer une prise de bec avec ce gamin. L'histoire lui donnerait tort dans les semaines qui venaient, lorsque Orléans tomberait.

Macaire Burey observa que Jacques semblait en proie à de pénibles conjectures.

– Monsieur d'Arc, vous me paraissez très chagrin. C'est au sujet de Jeanne ?

– Non, pas maintenant, mais tout le reste du temps, oui.

Jacques se refusait à craquer devant ce jeune ; cependant, puisqu'il semblait être l'intime de Jeanne, il s'autorisa à lui faire part des tourments que lui causait sa fille.

– Mes trois garçons, Jacquemin, Pierre, Jean, ainsi que ma fille Catherine sont de très gentils enfants avec moi et leur maman, j'ajouterai très ouverts, diserts même. Alors que Jeanne est une citadelle impénétrable, pont-levis relevé et herse baissée à longueur d'année. Et c'est une volée de flèches que reçoit le malheureux papa qui tente de percer son silence. Pourquoi ? Pourquoi, mon Dieu ?

La voix de Jacques chevrotait. Macaire éprouva de la compassion pour ce père en plein désarroi. Il livra son sentiment :

– Jeanne s'emmerde à Domrémy.

Oups ! Il parlait dru et sans ambages, le bougre. Jacques d'Arc avala sa salive. Mais on ne saurait reprocher aux jeunes de n'avoir pas encore eu le temps de se polir. Il tenta de faire comprendre son incompréhension à ce garçon un peu vert.

– Je m'honore d'être l'un des propriétaires peu nombreux de vingt hectares labourables. Notre maison est l'une des rares en pierre de taille à Domrémy. Dans des siècles elle sera toujours debout. Je suis le seul au village à posséder un troupeau de plus de cent têtes qu'on nous envie. Lorsque Dieu me rappellera à lui, tout reviendra à mes enfants, elle comprise. Vous trouvez que c'est admissible de « s'emmerder », comme vous dites ?

Macaire sourit.

– Vous avez déjà discuté avec un mouton ?

Déstabilisé, Jacques marqua un temps avant de rétorquer :

– C'est de l'humour anglais ?

– Sûrement pas ! Je veux dire par là que Jeanne est une fille qui n'a pas les relations qu'elle mérite. On n'a jamais satisfait ses aspirations. Comme toute femme, on l'a traitée en servante. Ne vous sentez pas coupable, monsieur d'Arc. C'est comme ça, de nos jours. Ça changera je ne sais quand, mais pour l'instant on les tient dans l'ignorance. Rendez-vous compte qu'un jour il m'a fallu lui apprendre que la Meuse se jetait dans la mer du Nord, tout là-haut, dans le duché de Brabant, possession de ce traître, le duc de Bourgogne !

– On peut très bien garder les moutons sans savoir ça.

– On ne se comprend pas, monsieur d'Arc. Elle a seize ans. Elle sait qu'elle aura la même existence que sa mère, que celle de sa grand-mère, de son arrière-grand-mère et au-delà. Vous trouvez ça motivant ?

– Elles ont toutes eu de très belles vies de femmes.

– À servir les hommes ?

– Qui d'autre voulez-vous qu'elles servent ?

– Monsieur d'Arc, je vous tiens pour un homme intelligent...

Ainsi formulé par ce freluquet, ça sous-entendait quelques réserves. Mais bon. Il avait assez de conflits avec Jeanne pour ne pas en provoquer avec Macaire. Jacques le laissa poursuivre.

– Il faudrait que vous lui trouviez une activité gratifiante loin de Domrémy.

Du haut de ses vingt et un ans, voilà qu'il voulait lui apprendre comment on doit orienter sa fille. Des leçons, à lui qui en avait quarante-huit ! Le monde à l'envers. Cette génération ne manquait pas de toupet. Mais peu importait sa superbe, elle n'avait pas dormi avec lui, l'essentiel était sauf.

Pour revenir chez lui, Jacques devait traverser le marché. Il tomba sur Isabelle qui vendait ses lapins. Les affaires semblaient bonnes, elle avait le sourire. Sa mine vira lorsque Jacques s'avança pour l'embrasser.

– Où a-t-elle encore filé ? Elle devait venir pour m'aider à transporter les lapins !

– Tu sais bien qu'avec elle on ne sait jamais.

– Ce que je sais, c'est que tu ne la tiens pas.

– Elle a seize ans, Isabelle.

– Seize ans, c'est l'âge pour se faire engrosser par ces porcs de soudards qui infestent la région.

– Tu noircis, Isabelle.

– Je ne noircis pas du tout ! C'est mon rôle de mère de voir loin, puisque le père est aveugle. Tant qu'elle t'arrivera pas grosse comme ça, t'auras pas compris.

Puis le visage d'Isabelle se décrispa pour arborer un sourire jusqu'aux oreilles. L'abbé Séroux passait. Sitôt qu'il fut de dos, elle reprit ses récriminations.

– Je te préviens, Jacques, si elle nous revient un jour avec un bâtard, je les colle tous les deux chez les dominicaines à Toul et on n'entendra plus parler d'elle. Si tu ne le vois pas venir, moi je le vois : cette fille finira par nous faire remarquer à Domrémy.

– Ça ne risque pas. Elle ne s'intéresse pas du tout aux garçons. Même que ça m'inquiète.

– Qu'est-ce qui t'inquiète ?

– À son âge, elles se marient toutes. Moi, j'aimerais bien dorloter un petit d'Arc un jour, avoua Jacques dans un soupir.

Isabelle, qui n'avait pourtant pas le câlin facile, enlaça Jacques pour un moment de tendresse. Brève parenthèse. Elle ne tarda pas à reprendre le cours pessimiste de ses pensées.

– À chaque fois qu'un garçon se montre un peu gentil, il prend son poing dans la figure. Le dernier en date, c'est Tancrède La Bresse. Le plus jeune fils du drapier de Neufchâteau. Celui qui a une voix perchée et qu'on confond toujours avec sa sœur. Elle lui a cassé deux dents.

Jacques d'Arc leva un sourcil inquiet.

– Tancrède ? Il est doux comme un agneau ! Qu'est-ce qu'il lui a donc fait pour qu'elle lui casse deux dents ?

– Il lui a dit qu'il aimait sa coiffure de garçon.

Rassuré, Jacques se fit songeur.

– Le fils, c'est pas grave, c'est pour le père que ça m'embête. Je lui vends beaucoup de laine. Une telle violence, ça vient de ton côté, de chez les Romée ; chez les d'Arc on a toujours été des pacifiques.

Il touchait aux Romée ! Isabelle blêmit. Elle arracha son tablier. Elle fulminait, dents serrées.

– Pour éviter de devenir violente comme une Romée devant tout le marché, je rentre à la maison. Tu rapporteras la brouette et le lapin qui reste.

4

Un mois à orages, ce juillet 1428. L'un d'entre eux était sur le point d'éclater. L'horizon flashait bien au-delà des collines. À environ quinze lieues au nord-est, au-dessus de Nancy semblait-il. Les grondements roulaient crescendo. Le ciel zinc et ardoise promettait d'imminentes cataractes. Mieux valait sans tarder mettre à l'abri les bottes de paille destinées aux animaux.

Comme la coutume le voulait, hommes et femmes valides de Domrémy aidaient à la moisson sur l'exploitation des d'Arc. Les jours suivants, tous iraient sur les terres d'un autre Domrémois. Jacques d'Arc dirigeait la manœuvre. On liait les bottes, l'orage venant on se hâtait de les porter à dos d'homme sous un auvent distant d'une centaine de pas.

En vérité, Jacques d'Arc ne dirigeait pas la manœuvre, c'était Jeanne qui spontanément avait pris en main la direction des opérations, comme si c'était elle qui possédait déjà le champ. Elle allait, venait, s'agitait, houspillait les traînards. La pluie se rapprochant, elle ordonnait qu'on accélérât la cadence. Elle était allée jusqu'à renvoyer chez lui un gaillard qui s'employait plus à lutiner les belles qu'à transporter les bottes. Jeanne ne rigolait pas quant à l'efficacité. Et puis, la bagatelle l'agaçait.

Amusé, Jacques observait du coin de l'œil Jeanne qui s'affairait. Quelle autorité naturelle! Nul n'aurait songé à la contredire. À seize ans ! Tous se pliaient à sa volonté, y compris de robustes paysans qui la dépassaient de deux têtes. C'était inimaginable. Si cela avait été possible, elle aurait bien été chiche de commander une armée. Incroyable gamine !

Le travail fini, une fois les Domrémois rentrés chez eux, il la féliciterait. Bien sûr, comme toujours, elle accueillerait le compliment par un haussement d'épaules ; habitué, il la féliciterait quand même. Il était trop tôt pour le lui dire, mais il fondait sur elle de grands espoirs. Même si l'on n'y était pas encore, lorsqu'il serait âgé et qu'elle serait adulte, elle reprendrait l'exploitation qui, Dieu soit loué, resterait ainsi chez les d'Arc. Avec une fille dotée d'une telle poigne, il pouvait dormir sur ses deux oreilles. Nul besoin de chercher un métayer. La pérennité du patrimoine des d'Arc était assurée.

Ce qui également ne cessait de surprendre Jacques d'Arc, c'était la force de sa fille. Quand, botte sur le dos, les garçons faisaient un voyage vers l'auvent, elle en faisait deux. Si certains s'arrêtaient pour souffler, pas elle. Petite, lorsqu'une bataille éclatait avec ses frères, elle avait toujours le dessus. Aussi ils la craignaient et ne lui cherchaient jamais querelle. Dure au mal, on ne l'avait jamais vue pleurer pour un gnon sur l'œil ou une taloche derrière l'oreille. Trait de caractère rarissime pour une fille, on aurait dit qu'elle aimait la bagarre.

Un éclair claqua. Les moissonneurs se signèrent. Le grondement roula longtemps de colline en colline. C'est alors que toutes les eaux du ciel fondirent sur la vallée. On distinguait à peine la Meuse, dans ce paysage soudainement gribouillé à la mine de plomb. Les saules s'agitèrent dans de folles contorsions. Hommes et femmes coururent s'abriter sous l'auvent. Sauf Jeanne. Indifférente au déluge, elle collectait les serpettes abandonnées. Elle les remisa à l'abri, les essuya avec soin, les huila. Elle ne connaissait que trop bien la corvée de dérouillage réservée aux filles.

Le champ de Jacques s'étendait au sud de Domrémy. Le chemin pour s'y rendre empruntait un pont que l'on disait construit par les Romains. Il enjambait la Meuse. Émergeant des trombes d'eau, cahotant sur ce pont, une carriole fantomatique apparut. Sa bâche claquait au vent, prête à s'envoler. Entassés sous l'auvent, tous se demandèrent qui pouvait ainsi braver les bourrasques. Le père de Jeanne devina avant tout le monde qui était ce téméraire. C'était Acelin La Bresse, le père de ce Tancrède auquel Jeanne avait brisé deux dents. Il sauta de son attelage, marcha droit sur Jacques d'Arc, la main sur le pommeau de la dague qu'il portait à la ceinture.

– Dis-moi, le péquenaud, c'est quelle éducation que t'as donnée à ta gougnotte ?

Le drapier de Neufchâteau dépassait Jacques de deux têtes. Ce dernier n'avait guère envie de prendre une dégelée devant tout Domrémy réuni. Et puis luisait cette dague à sa ceinture. Toutefois, sa fierté exigeait qu'il ne se dérobât point en feignant d'ignorer les grossièretés. Il fit trois pas vers Acelin La Bresse pour parlementer. Celui-ci le cueillit. La brute lui donna une bourrade de toute sa force, le frappant de ses paumes aux épaules. Jacques fut projeté le derrière dans la boue. Les Domrémois éclatèrent de rire. Sauf Jeanne. Elle bondit hors du groupe et vint se planter devant l'assaillant, menton relevé, regard foudroyant.

Acelin La Bresse laissa échapper un sourire dédaigneux. Cette donzelle écervelée, comme toutes celles de son sexe, se mêlait d'affaires qui ne concernaient que les hommes. Il n'eut pas le loisir de sourire longtemps. La même bourrade qu'avait subie son père l'envoya lui aussi imprimer ses fesses dans la bouillasse. Cette fois ce fut un « Oh ! » de stupéfaction que poussa l'assistance. Que de puissance ! Voilà qu'une adolescente gracile, toute fluette, projetait un hercule au sol ! C'était David terrassant Goliath. Rien moins. D'où ce fétu de paille pouvait-il bien tirer autant de force ?

Les conjectures firent vite place à l'effroi. Tous frémirent pour la jeunette. Bondissant sur ses appuis, Acelin La Bresse dégaina sa dague. La leva sur Jeanne. Ce fut alors un félin insaisissable auquel il dut faire face. Bondissante, avant-bras en croix au-dessus de la tête, elle bloqua son geste. Un coup de genou lui malmena l'entrejambe, tandis qu'une main ferme lui tordait le bras, dans un savant mouvement tournant. Hurlant, Acelin La Bresse lâcha son arme. De son membre valide, il se soutint l'avant-bras droit en grimaçant. Frappé de stupeur, il constata que son épaule était démise. L'assistance en resta coite. Jeanne désigna alors deux hommes. D'un ton qui ne souffrait pas la réplique, elle ordonna que l'on conduisît l'estropié chez le rebouteux, à l'autre bout de Domrémy. Deux gaillards s'empressèrent de s'exécuter.

Moissonneurs et moissonneuses s'égaillèrent chacun vers son foyer. Certains remontèrent la rue centrale pour faire une pause sur la place de la fontaine, histoire de bavarder encore. Car on était loin d'avoir fini d'épiloguer sur l'événement. Les opinions divergeaient.

Était-ce Dieu ou le diable qui avait accordé autant d'énergie, autant de hardiesse à cette chétive drôlesse de seize ans ? Sainte ou sorcière ?

Alors que les Domrémois s'éloignaient, Jacques observa Jeanne qui s'en allait en empruntant le pont romain pour, sans doute, gagner les pâturages. Qu'avait-elle donc à y faire à cet instant ? Une fille normale aurait commenté l'événement dont elle venait d'être l'héroïne. Une fille normale aurait attendu les félicitations de son père, qui lui devait l'issue heureuse de son agression. En rêvant jusqu'à l'invraisemblable, avec une fille normale, ils se seraient même embrassés. Mais pure déraison que d'imaginer la moindre effusion supportée par sa fille ! Jeanne n'était pas une fille normale.

Des pensées fort contradictoires s'entrechoquèrent dans l'esprit de Jacques d'Arc. Bien sûr qu'il était reconnaissant à sa fille de l'avoir sorti d'un mauvais pas. Mais c'était une fille qui était venue au secours d'un bonhomme, une fille ! Une fille plus forte qu'un homme, son père de surcroît. Et devant tout le monde. La honte. Et puis, s'il lui devait quelque gratitude, il ne fallait pas moins lui adresser des reproches. C'était tout de même elle qui, brisant deux dents au fils, avait provoqué le courroux du père. Et puis encore, ils s'étaient exhibés devant tout le village. Il avait ça en horreur. Tout au long de son enfance, les prêtres avaient inculqué à Jacques humilité et discrétion. Une personne bien élevée ne devait en aucun cas se faire remarquer en public. Avec une telle Jeanne, ça semblait mal parti pour les d'Arc.

Laissant Jeanne s'éloigner jusqu'à ne plus la voir, il observa qu'en haut de la rue, place de la fontaine, les Domrémois tenaient conciliabule. Ils ne pouvaient que commenter l'événement. Et en quels termes ? Il les rejoignit. Capuche abaissée, pour entendre sans être vu, il s'immobilisa à la périphérie du cercle.

Du bourdonnement des échanges ressortait un questionnement général. Jeanne avait terrassé Acelin La Bresse. Pour ce faire, il lui avait fallu déployer une force surhumaine. Elle n'avait pu lui être accordée que par Dieu ou par le diable. Il faudrait vérifier auprès de l'abbé Séroux, mais on imaginait mal Dieu aidant une frêle jeune fille à casser la gueule à qui que ce fût. Jeanne serait donc sorcière ? Un frisson parcourut l'assemblée.

C'est alors que la lavandière Arceline Masevaux sortit du cercle pour venir se planter au centre. Elle exerçait au village la double activité de lavandière et de lanceuse de rumeurs. On la surnommait « Tongue-of-ribaude* ».

Donc, Arceline Masevaux, dite « Tongue-of-ribaude », vint se planter au centre du cercle. Elle parla haut et fort :

– Dis-moi qui tu aimes, je te dirai qui tu es.

Cette affirmation sciemment sibylline avait pour but d'éveiller la curiosité de l'auditoire et de l'inciter à poser des questions. Ce qui ne manqua pas. On brûlait de savoir.

– Tu veux dire quoi ? Pourquoi tu dis ça ? Tu penses à qui ?

Satisfaite, elle se fit encore un peu tirer l'oreille avant de questionner.

– Mis à part le nabot de Macaire Burey, elle est copine avec quel garçon, la fille d'Arc ?

On se regarda. On chercha. On ne trouva pas.

Tongue-of-ribaude laissa un instant son venin infuser. Elle les fit lanterner avant de reprendre.

– Qui est son unique copine, au village ?

Un ou deux, puis trois, puis quatre, puis dix répondirent d'une voix murmurante, comme pour eux-mêmes. Puis, le ronron s'amplifiant, on se rassura, l'unanimité se fit, on clama :

– Mathilde Hardt !

« C'était donc ça », déduisit le groupe. Un silence accablé s'abattit sur l'assistance. Ainsi, son aptitude à combattre comme un homme, Jeanne la tenait des leçons prodiguées par Mathilde Hardt. On aurait presque préféré qu'elle vînt du diable. Cette fille « pas comme les autres » n'était tolérée au village que pour ses talents de forgeronne, sinon on l'aurait bien poussée dans son feu d'enfer. Si Jeanne était « très amie » avec elle, on n'avait pas besoin d'un dessin.

Le diable avait donné à Tongue-of-ribaude le don du verbe destructeur. C'est pétrifié que Jacques l'entendit conclure en finissant d'instiller son poison dans l'esprit de son auditoire.

– Quand je vois ces deux-là copines, je ne peux pas m'empêcher de penser : « Dis-moi qui tu aimes, je te dirai qui tu es. »

On se regarda. On se consulta. On acquiesça.

Jacques fut tenté de baisser sa capuche, de se faire reconnaître, de fendre le cercle et d'aller flanquer une baffe à Tongue-of-ribaude. Il ne put s'y résoudre. Qu'un père réputé paisible, de notoriété publique, se fasse soudainement violent pour défendre sa fille ne pouvait qu'avérer la rumeur naissante. Que faire ?

Ruban, leur deuxième cheval, avait perdu un fer. Jacques avait rendez-vous chez Gislebert Crouée, le maréchal-ferrant de Greux. Il s'en moquait à présent, il n'irait pas. Quant à rentrer chez lui, c'était exclu. Isabelle verrait sa mine défaite au premier coup d'œil, il était hors de question qu'il la terrorise avec ce qu'il venait d'entendre. Pieuse comme elle l'était, la malheureuse croirait que sa fille avait réservé un aller simple pour l'enfer. L'église du village était le meilleur havre de paix pour accuser le coup, faire le point. À cette heure-là, il n'y aurait point d'office.

Il s'affala sur un prie-Dieu. Était-il possible que Tongue-of-ribaude ait dit vrai ? Sûrement pas. Certes, Jeanne était quelque peu garçon manqué, mais de là à… non. Isabelle et lui n'avaient jamais péché au point de mériter une telle abomination. Avec le désarroi profond dans lequel il se trouvait, ne sachant à quoi se raccrocher, oubliant toute raison, il fit une chose que seul aurait pu faire un petit gamin superstitieux. Il alla s'agenouiller dans l'abside consacrée à sainte Catherine. Il fixa sa statue. Il la supplia de faire « non » de la tête si sa fille n'était pas ce qu'on l'accusait d'être. La statue resta de marbre. Devait-il s'en inquiéter ?

Qu'il ne se passe rien entre Jeanne et Macaire, n'était-ce pas une preuve ? On allait droit à l'opprobre. Les d'Arc devraient-ils quitter Domrémy ? Impensable ! Ils avaient investi trop d'années de peine et de labeur à faire fructifier leurs terres pour s'exiler. Faudrait-il alors se résoudre à vivre ostracisé dans son propre village natal ? Et si c'était faux ? Pour accroître son tourment, il était exclu d'exiger de Jeanne la vérité. Avec son caractère fermé, pas question de *coming out**.

L'abbé Séroux sortit de la sacristie, les bras chargés d'une gerbe de glaïeuls. Tout en plongeant son bouquet dans un vase posé sur l'autel, il distingua Jacques dans la pénombre de l'abside. Il vint vers lui avec ce bon sourire tout sucre tout miel qu'ont les prêtres.

– Voilà mon Jacques qui vient prier en dehors des offices. Bravo, mon fils !

Jacques fut soulagé de pouvoir questionner la seule personne imperméable aux commérages du village.

– Monsieur l'abbé, je ne vous demande pas de me rapporter ce que vous auriez pu entendre en confession. Je sais très bien que ce sont des secrets inviolables. En revanche, au village, n'auriez-vous pas eu l'écho de quelque rumeur à propos de Mathilde et Jeanne ?

L'abbé éclata de rire.

– Mon petit Jacques, qui creuse la vérité fait jaillir une source de problèmes.

Voyant à quel point Jacques était décontenancé, l'abbé Séroux rit de plus belle.

– Mon petit Jacques, à ton avis, qui conçoit et crée les âmes dans leur infinie diversité ?

– Dieu.

– Vrai ! Alors comment imaginer qu'un tout petit abbé Séroux de rien du tout puisse oser être en désaccord avec son œuvre et chercher à la corriger ?

C'est encore plus désappointé que Jacques regagna sa maison. Si sa Jeanne empruntait le chemin de l'enfer, il ne pouvait l'apprendre à sa mère. C'eut été un fardeau trop lourd pour la malheureuse. C'est dans la solitude qu'il devrait vivre son angoisse. En crever, plutôt.

5

Avant d'aller au lit, Jacques avait absorbé trois bols d'infusion de verveine. Comme il l'avait redouté, la tisane se révélait inefficace. Une fois de plus, il entendit toutes les heures sonner au clocher de Saint-Rémy. Le tracas que lui procurait Jeanne était bien plus puissant que ce remède de bonne femme. Il avait encore suivi un très gentil conseil parfaitement inutile d'Isabelle. Il ricana. Ce qui la fit sursauter.

– Tu ne dors pas ?

– Si je te répondais que je dors, tu me traiterais de menteur.

Ils rirent ensemble. Ils s'embrassèrent et bien davantage. Ils n'eurent pas à museler leur jouissance, Jeanne était partie dormir chez sa sœur Catherine à Greux. Puis, cherchant en vain le sommeil, Jacques se tourna et se retourna dans leur lit, à n'en plus finir. Pour ne pas importuner Isabelle, il alla se coucher dans le lit de leur fille.

La cloche de Saint-Rémy lui tapait sur les nerfs. Avant de s'allonger, il pétrit deux boulettes de cire de bougie qu'il comptait s'enfoncer dans les oreilles. L'une des deux lui échappa, elle roula sous le lit. La cherchant en tâtonnant, il sentit un objet long, froid et dur. Le tirant à la lumière, il découvrit une épée. Une épée ! Chez une fille ! À quoi pouvait donc lui servir une épée ? Inspectant l'arme de plus près sous la chandelle, il découvrit le poinçon des Hardt près de la garde. Un cadeau de Mathilde ! Cette fille toxique devait donc lui apprendre à manier l'épée en cachette. Ce ne pouvait se passer que le dimanche, alors qu'elle leur faisait croire qu'elle allait avec les jeunes filles de son âge à l'arbre aux Fées, danser et chanter des ritournelles accompagnées par l'abbé Séroux au pipeau. Ainsi, sa fille se coiffait comme un garçon, montait à cheval mieux qu'un bonhomme, pratiquait l'escrime, boxait les gars au moindre compliment, et son ami Macaire Burey n'était qu'un simple ami. Comment trouver le sommeil après tout ça ?

Jacques se recoucha en adoptant une position confortable pour patienter jusqu'à l'heure du lever. Parmi ses ruminations, il libéra un vieux souvenir emprisonné dans les sous-sols de sa mémoire. Lors du banquet de leur mariage, le tonton d'Isabelle, Béranger Romée, lui avait posé une devinette qu'il n'aurait sûrement pas posée s'il n'avait quelque peu forcé sur le vin de Moselle. Pourquoi la cousine Renaude Romée ne participait-elle pas à la noce ? Tout simplement parce que la famille l'avait bannie l'année précédente. Un tout jeune gamin l'avait surprise dans le fournil avec Cunégonde Chalémont, la boulangère de Brixey-aux-Chanoines. Le petit avait demandé pourquoi on fabriquait le pain tout nu. On lui avait expliqué que près du four, il faisait très chaud. On avait contraint les deux filles à s'exiler. Elles choisirent Nancy. Aux dires de certains, là-bas leur boulangerie bénéficiait d'un grand renom et prospérait. Ce qui indirectement fit plaisir à Jacques : ainsi le Tout-Puissant pouvait modérer son courroux. Il n'en demeurait pas moins que le ver du saphisme pouvait fort bien habiter la pomme du cerveau des Romée. C'était le genre d'information que l'on n'apprenait qu'après le mariage, dès le banquet en l'occurrence. S'il questionnait Isabelle aujourd'hui sur cette anecdote, elle hurlerait que le tonton Béranger était saoul et que lui, Jacques, était prêt à gober tout ce qui pouvait salir les Romée. Alors motus !

C'était jour de marché à Neufchâteau. Jacques n'eut pas de peine à se réveiller de bonne heure, puisqu'il n'avait pas dormi. Les yeux presque clos tant ils étaient gonflés, il titubait. Entourés de leurs ballots de laine, Isabelle et Jacques occuperaient leur emplacement réservé. Jacques prit un temps fou pour seller Pompon, si bien qu'en arrivant un vannier avait indûment pris leur place. Bras ballants, Jacques fixa l'intrus sans bouger, c'est Isabelle qui dut le chasser. Un peu plus tard, il laissait partir un client sans payer, Isabelle lui courut après. Habituellement, il hélait le chaland ; aujourd'hui il gardait les yeux fixés sur les corneilles croassantes qui tournoyaient autour du clocher de l'église Saint-Christophe. Un sourire niais lui barrait la face.

Comme le redoutait Isabelle, le drapier Acelin La Bresse parut. Elle frémit. C'est sur ce marché qu'il achetait sa laine à Jacques. Avait-il en tête de se venger de l'affront que Jeanne lui avait fait subir en lui démettant l'épaule devant tout Domrémy ? Il portait toujours sa dague au côté. Et Jacques qui ne quittait pas les corneilles des yeux ! La Bresse passa devant eux, menton haut, regard au loin, comme s'ils n'existaient pas. Isabelle respira. Elle incita Jacques à hiérarchiser les problèmes : certes, c'était un gros client de perdu, mais au moins il ne l'avait pas poignardé. Jacques murmura une réponse stupéfiante :

– Dommage.

Isabelle en resta coite. Qu'est-ce qui pouvait à ce point gâcher la vie de son mari pour qu'il voulût la quitter ?

Les jours qui suivirent, Isabelle tenta à maintes reprises de comprendre ce qui pouvait perturber Jacques à ce point. À ses questions, il répondait invariablement : « Tout va bien », tandis qu'une larme roulait sur sa joue. Quelque chose clochait. Quelque chose de grave.

Que faire ? Que dire ? Qui voir ? Mais oui, qui voir sinon l'abbé Séroux ? Elle était là, l'idée. Seul l'homme de Dieu savait détordre les pensées qui poussaient de traviole. Elle le choperait dès demain matin à la sortie de la messe de 7 heures.

Ils bavardèrent au jardin, tandis que l'abbé Séroux liait un tuteur de bambou à une pousse de tilleul. Isabelle lui décrivit l'état dans lequel se trouvait Jacques. Son mari n'était plus l'homme que chacun appréciait, énergique, presque suractif et débordant de bonhomie. Aujourd'hui, il était tout mou comme un lapin assommé avant le coup de couteau fatal. Il faisait peur. La réponse du prêtre fusa :

– Il y a du Jeanne là-dessous.

Isabelle se demanda si une réponse aussi lapidaire et de surcroît du tac au tac pouvait être la bonne. La voyant dubitative, il précisa sa pensée. Selon lui, Jacques serait dans la situation d'un homme qui souffrirait de ne pouvoir embrasser un hérisson. Dans ce cas, le hérisson aurait-il une faute à se reprocher ? En aucun cas. Isabelle trouva l'image cocasse. Ils avaient tout fait pour qu'elle ait une vie aussi heureuse que celle de ses frères et de sa sœur. C'était à Jeanne de cesser d'être « hérisson ». L'abbé partit d'un grand rire.

– Un hérisson qui cesse d'être hérisson, c'est quoi ?

– C'est rien du tout.

L'abbé Séroux rit de plus belle.

– Eh ben voilà ! Jeanne ne veut pas être rien du tout !

Il entraîna Isabelle à la fontaine, emplit un arrosoir et revint le vider sur la pousse de tilleul.

– Tout enfant est comme cet arbrisseau. Il doit pousser entre des grilles protectrices et s'épanouir libre au-dessus.

Il la laissa songer un instant à ce qu'il venait de lui dire, puis il ajouta :

– À mon avis, elle veut tuer le père.

Isabelle sursauta. Quelle phrase imbécile ! Venant d'un prêtre, en plus ! Elle eut envie de… mais non. En aucun cas on pouvait se permettre de signaler à son curé qu'il disait des sottises grosses comme lui. Sa mine effrayée amusa l'abbé. Il éprouva cependant le besoin de préciser sa pensée.

– Dit autrement, Jeanne est à un âge où plus le papa est considéré grand, plus il masque l'horizon à sa fille. Elle a besoin de quitter Domrémy autant que de quitter ses parents. Elle s'est souvent plainte à moi de ne pas savoir lire. Pourquoi ne la mettriez-vous pas chez mon amie dominicaine, sœur Saint-Irénée, à Toul ?

Abandonnant l'abbé, Isabelle rentra chez elle en se hâtant. Une ondée soudaine hachurait le paysage. Elle était pressée de soumettre un projet à Jacques.

Après l'avoir appelé un bon moment dans la maison, Isabelle le découvrit près de l'appentis et non pas dessous. Assis sur un billot, faisant le gros dos sous l'averse, il fixait ses pieds. Elle le rentra, l'aida à se changer. Elle lui tint affectueusement le menton, comme lorsque l'on veut retenir l'attention d'un petit garçon dissipé.

– Ton Isabelle a eu une bonne idée, mon Jacques. Ça te ferait du bien que Jeanne nous débarrasse le plancher pendant un bon moment. Comme elle nous accuse de…

Jeanne rentrait en courant s'abriter. Lorsque claqua sa porte au premier étage, Isabelle reprit à voix basse, la bouche contre l'oreille de son époux :

– Comme elle nous reproche de ne pas lui avoir appris à lire comme à ses frères, j'ai pensé qu'on pourrait la mettre chez les dominicaines à Toul. Elle enrichirait sa tête tout en reposant la nôtre.

Isabelle vit ce qu'elle n'avait pas vu depuis plusieurs semaines. Le visage de Jacques s'illumina. Il bondit sur l'idée. S'il lui importait peu qu'une fille apprenne à lire ou pas, la suggestion d'Isabelle l'emballait par ailleurs pour une raison qu'il gardait pour lui : ça l'éloignerait de Mathilde Hardt.

Dès le surlendemain, au lever du jour, ils attelaient Pompon à sa carriole. Il avait d'abord renâclé, avant de se faire à cette randonnée inhabituelle de bon matin. Il trottinait régulièrement, puis il décidait de faire une halte chaque fois qu'il découvrait une friandise dans les buissons. Jacques laissait alors flotter les rênes sur le gros postérieur alezan. Isabelle et lui patientaient en bavardant. On n'était pas pressé, on serait à Toul vers midi, on trouverait une auberge pour déjeuner et dormir.

Il ne tenait qu'à eux de faire de cette démarche un voyage d'agrément. La beauté de la campagne lorraine incitait à la rêverie. Le chemin épousait les sinuosités d'un coteau boisé qui bordait la vallée de la Meuse. Elle serpentait avec grâce, on devinait qu'elle avait hésité longtemps avant de choisir son chemin. Le Bon Dieu savait bien dessiner, nota Isabelle.

Ils s'égarèrent bientôt dans le labyrinthe de Toul. Les maisons à colombages se faisaient face à une distance très rapprochée. Leurs étages en encorbellement se touchaient presque. Dans ces rues sombres, le son avait une désagréable résonance de tunnel. Les tenanciers d'échoppe qui hélaient les passants, les cochers qui s'injuriaient, les crissements des roues ferrées sur le pavé, le claquement des sabots, tout ce charivari urbain effrayait le bon vieux campagnard Pompon.

Pour l'aider à retrouver son calme, ils l'attachèrent sur la place du parvis de la cathédrale Saint-Étienne. Leur vint à l'idée d'y pénétrer. Ils y prièrent sans se dire l'un à l'autre ce qu'ils demandaient. C'était la même chose : une fois que Jeanne saurait lire, elle leur témoignerait sa gratitude en devenant une adolescente aimante et docile. Et si ce n'était pas trop vouloir, qu'elle trouve un gentil mari et qu'ils reçoivent un adorable petit Edwin blond aux yeux bleus, ou même noirs, ce serait merveilleux quand même.

Au couvent des dominicaines, on les prévint que sœur Saint-Irénée était sur le point d'achever une leçon de chant grégorien ; on les fit patienter dans un cloître. Après le tintamarre de la ville, la quiétude du lieu pesait presque. Le déambulatoire carré où ils se tenaient encadrait un jardinet. En son centre glougloutait imperceptiblement le jet d'une fontaine qui vernissait les buis d'entre lesquels elle perçait. Un grincement les fit sursauter, c'étaient les gonds d'une grosse porte à caissons. Sortit un groupe de jeunes filles, en rang, accompagnées d'une grande religieuse squelettique, rigide et droite comme un cierge noir et blanc. Les adolescentes muettes franchirent une autre porte, y disparurent. Une fois refermée explosa derrière elle une juvénile joie de vivre trop longtemps contenue.

Le grand cierge habillé en religieuse vint vers eux. Elle les salua de deux coups de tête vifs et secs. Elle était sœur Saint-Irénée. Son regard était celui d'un aigle aux yeux bleus. Bleu acier. Jacques lui tendit la main, mais celle de la sœur resta enfouie sous sa large manche blanche. Elle détachait ses syllabes comme on envoie des fléchettes.

– Vous venez de Domrémy ? C'est au sujet de Jeanne ?

Ils acquiescèrent, ravis d'être connus. Ils déchantèrent aussitôt.

– Nous ne prenons pas les cas difficiles.

Terrorisé, Jacques crut qu'elle faisait allusion aux horribles rumeurs à propos de Jeanne et Mathilde Hardt et qu'elle s'apprêtait à les évoquer devant Isabelle, les lui apprenant ainsi. Il respira quand elle les gratifia d'une information complémentaire :

– Nous avons la petite La Bresse ici. Pétronille La Bresse. La fille du drapier de Neufchâteau. Votre Jeanne a cassé le nez de son frère. Si le monde est petit, la Lorraine l'est encore plus.

Il n'était plus question de trouver une auberge. Ils firent le chemin du retour sans s'adresser la parole.

Dès que Pompon voulait marquer une pause gourmande, le fouet claquait. Jacques fulminait, pour plusieurs raisons ; d'une part la réputation violente de Jeanne, venue jusqu'à Toul ; d'autre part, avoir fait dix lieues pour venir se casser le nez sur une religieuse en métal ; enfin, avoir une fois de plus écouté Isabelle qui avait toujours beaucoup d'idées, mais jamais une bonne.

Accusation injuste sans qu'il ne pût le savoir, Isabelle lui ayant fait croire que la bonne idée d'aller à Toul venait d'elle, se gardant bien de citer l'abbé Séroux.

Le même abbé que rencontra Jacques le lendemain près de la fontaine. Le prêtre le taquina.

– J'ai déjà vu mon Jacques de meilleure humeur…

Jacques laissa fuser la colère qu'il enfermait depuis la veille.

– Isabelle m'a traîné à Toul pour que Jeanne entre chez les dominicaines. Or il s'est révélé que c'était une idée d'imbécile. J'insiste, mon père, d'imbécile ! Figurez-vous que…

L'abbé Séroux accusa le coup, fit volte-face et planta là Jacques, qui ne comprit rien à son attitude. D'habitude, il était le modèle de l'homme affable. Quelle mouche le piquait donc ?

6

S'il avait porté un casque orné de deux cornes d'aurochs, Heckart Hardt, le forgeron, aurait fort bien pu tenir le rôle du bon géant dans un conte germanique. Sa barbe broussailleuse couvrait les deux briques qu'étaient ses pectoraux. À la place de haut-de-chausses, on l'aurait bien vu ceindre sa taille d'une peau de bête et manier une massue tout aussi aisément que son marteau. Un sourire d'enfant malheureux barrait le visage de ce colosse. Son épouse avait été poignardée par trois déserteurs rouquins auxquels elle se refusait. De la perte de sa femme, il n'en était pas mort, mais il avait cessé de vivre.

Sa fille Mathilde avait hérité de sa force. Il avait encouragé sa nature de garçon manqué en lui apprenant ce métier qui était le sien, il avait également favorisé son goût pour les arts martiaux. Costaude, elle saurait ainsi se défendre, ce que sa mère n'avait pas su faire. Père et fille partageaient la même aversion pour leur époque où la femme ne comptait guère plus qu'une poule pondeuse. Pour être considérées, elles ne pouvaient que s'armer. Jeanne partageait ces vues, ce fut le ferment de leur amitié.

Jeanne déjeunait chez eux, aujourd'hui. Jacques et Isabelle s'étaient encore écharpés à son sujet. Pour ne pas s'en mêler, elle était, comme souvent, venue profiter de l'atmosphère affectueuse qui régnait à la forge. Il fallait aussi avouer que les lentilles au lard de Mathilde constituaient un puissant appât.

Assis autour de la table dressée devant la forge, tous trois se régalaient sans retenue. Soudain, Heckart sourit à quelqu'un dans leur dos. Les deux filles suivirent son regard, sur le chemin passait Arceline Masevaux poussant une brouette d'où débordait une montagne de linge. Ni Jeanne ni Mathilde n'aimaient cette fille, sa propension à médire et à calomnier avait trop souvent perturbé la bonne entente qui existait entre les Domrémois. Jeanne demanda comment Heckart pouvait bien sourire au passage de cette détestable Tongue-of-ribaude. Il se fit tirer l'oreille, puis finit par dire ce qu'il trouvait de si drôle. Il n'avait fait que répondre à son sourire, alors que…

– Alors que quoi ?

Les deux filles trépignèrent.

– Alors rien. Disons qu'elle n'a pas volé son surnom de Tongue-of-ribaude.

– C'est tout ? dit Mathilde n'y tenant plus.

Elle secoua son père.

– Ça suffit, papa. Elle a encore bavé sur qui ?

Heckart regrettait d'en avoir trop dit. Sachant que les deux curieuses surexcitées ne le lâcheraient plus, il ne put que passer aux aveux.

– Faut pas se formaliser, tout le village la connaît. Sur la place de la fontaine, elle a laissé entendre que vous étiez plus qu'amies. Que vous aviez des relations qui conduisent direct à l'enfer. Vous voyez ce que je veux dire.

– QUOI ?

Jeanne bondit. Quitta la table. Marcha en direction du lavoir. Ses talons faisaient presque vibrer le sol. Heckart la rattrapa. La retint par la manche. Elle se dégagea.

Domrémy s'adossait à la colline du Haut-Mont ; en dévalait le ruisseau de Saint-Rémy. Un auvent d'ardoises abritait les deux bassins du lavoir-forum. Tout ce qui pouvait se dire, et surtout ne pas se dire, se disait là.

Lorsque Jeanne jaillit, le caquetage de volière cessa net, comme une bougie que l'on souffle. Tous les regards alternèrent de Tongue-of-ribaude à Jeanne. Chaque lavandière devinait la raison de sa visite. On en redoutait la conclusion. On avait raison.

Arceline Masevaux avait à peine esquissé le geste de lever son battoir sur Jeanne qu'elle était saisie au cou puis maintenue la tête enfoncée dans le bassin. D'inquiétants glouglous montèrent à la surface. Un cri commun supplia Jeanne de cesser. Elle s'exécuta à regret. Tandis que la calomniatrice toussait, happait l'air bouche béante comme un poisson échoué, Jeanne adressa une harangue aux lavandières.

– La prochaine qui salit l'amitié entre Mathilde et moi, je vous jure sur Notre Seigneur Jésus-Christ qu'elle ne pourra pas le faire une seconde fois.

On se le tint pour dit.

Ce soir-là, Isabelle s'employait à casser quelques branches en menus morceaux pour constituer une réserve d'allume-feu. De son côté, Jacques reclouait l'accordéon d'un soufflet au cuir fatigué. À l'écart, dans la pénombre, Jeanne filait la laine sur un rouet.

Son grincement meublait le silence. Brisant la paisible atmosphère vespérale, Joaquin Droiteval jaillit comme la pierre d'une fronde.

– Ils ont dévasté Moncel-sur-Vair ! Ils ont tout pillé. Ils ont incendié le village. Il y a au moins trente morts et dix femmes violées ! Une fois de plus ce sont des fumiers de déserteurs français.

Il se laissa choir sur un banc, le front ruisselant.

– Nom de Dieu ! Quand les Anglais feront-ils donc cesser ce bordel ? Mes amis, j'ai besoin d'une bonne bière.

Jacques fit signe à Jeanne de le servir. Il se jeta sur le bol qu'il ingurgita cul sec. Sans pour autant s'apaiser.

– On a quand même bon espoir. Les Anglais sont en train de progresser depuis Paris. Ils ont déjà conquis toute la Beauce. Après Angerville, Toury, Artenay, ils ont pris Patay hier. Ils ne sont qu'à sept lieues d'Orléans. C'est rien du tout. Cette putain de ville va tomber d'ici deux ou trois jours. Après quoi ils passeront la Loire. Ensuite, ce sera du gâteau pour eux de descendre jusqu'aux Pyrénées. Le dauphin Charles ira pleurnicher chez maman, la grosse Bavaroise Isabeau. Ils pourront aller se faire voir à Munich tous les deux.

L'homme en transe qui venait de s'exprimer ainsi, c'était Joaquin Droiteval, le bourrelier de Gondrecourt, à quatre lieues de Domrémy. Il s'était donné pour mission d'informer ses amis les d'Arc des nouvelles du royaume. Ses informations, il les obtenait des deux messagers du comte dont il gérait la sellerie. Joaquin Droiteval était un partisan inconditionnel de Philippe le Bon, duc de

Bourgogne, l'allié de l'occupant anglais. Il appartenait corps et âme au parti du duc: les Bourguignons.

Les positions politiques de son ami mettaient Jacques dans une situation désagréable. En tant que doyen de Domrémy, lui incombait la mission de prélever la dîme, c'est-à-dire la fraction de grain due au capitaine Robert de Baudricourt, à Vaucouleurs. Ce protecteur militaire de Domrémy apportait un soutien indéfectible au parti adverse, celui du dauphin Charles: les Armagnacs. Jacques s'interdisait de mordre la main qui le nourrissait.

Et puis, en cette année 1428, nul ne pouvait prédire si le royaume reviendrait au roi de France ou au roi d'Angleterre. Le sort de la France était en train de se jouer au siège d'Orléans. Vers qui pencher?

Inspiré par une prudence qu'il ne devait qu'à son bon sens, Jacques d'Arc s'était forgé deux opinions opposées pour se prévaloir de celle qui l'emporterait à l'issue de la guerre.

Bol de bière en main, Joaquin faisait les cent pas devant Isabelle et Jacques qui s'activaient au feu. Il éructait. Tout en filant sa laine sur son rouet grinçant, Jeanne suivait des yeux ses allées et venues. Jacques acquiesçait, se contentant de hocher la tête pour éviter toute polémique susceptible de s'enflammer.

– Sans ce salopard de Louis Ier d'Orléans, le tonton du fils du zinzin, le pays n'irait pas à vau-l'eau*.

Joaquin y allait un peu fort. Isabelle ne put s'empêcher de mettre le holà.

– Doucement, Joaquin! Je suis pour les Bourguignons, comme tu sais, mais il ne faut pas pousser. À ce qu'on dit, Jean sans Peur n'était pas compétent,

Louis Ier d'Orléans a été contraint de le virer du conseil de la Régence.

– Faut se méfier des « on-dit », Isabelle. Le complotisme, ça va vite. T'étais pas au conseil de la Régence. Si Jean sans Peur a trucidé le d'Orléans, c'est qu'il avait des raisons valables. C'était tout sauf un écervelé.

Isabelle répliqua sur un ton empreint d'une désagréable condescendance :

– Ah ! ah ! Ne me fais pas rire, mon pauvre petit Joaquin. Faut quand même rester un poil objectif. Jean sans Peur a envoyé *ad patres* Louis Ier d'Orléans. Comme c'était à prévoir, son neveu le dauphin Charles a mal pris la chose, en retour il a zigouillé le meurtrier de son tonton Jean sans Peur. Si on te trucidait ton tonton, tu resterais les bras ballants, toi ?

– Je n'ai pas de tonton, moi. Pourquoi tu dis ça ?

– C'est juste un exemple.

Dans son coin, Jeanne leva les yeux au ciel en haussant les épaules. Prenant conscience de sa bévue, le bourrelier reprit, mais en colère – on sentait qu'il aurait pu en venir aux mains.

– Tais-toi, Isabelle. Tu racontes des bêtises. Laisse donc la politique aux hommes.

Isabelle vint se planter, poings sur les hanches, la face presque contre celle de Joaquin.

– Lève la main sur moi et tu vas voir ce que Jacques sait faire.

Jacques ne tenait pas du tout à montrer ce qu'il savait faire. Il ne voyait d'ailleurs pas du tout à quoi elle faisait allusion. Il les éloigna l'un de l'autre en douceur.

– Ne vous disputez pas ! Il y a des torts des deux côtés. On vous tue votre tonton, ça ne fait pas plaisir. Vous trucidez le meurtrier de votre tonton, ça se comprend aussi, mais ça met en colère. Et pour continuer la vendetta, le fils de Jean sans Peur, le fameux Philippe dit « le Bon », a magouillé le traité de Troyes, qui a abandonné la France au roi d'Angleterre. Et pour que ça soit bien pourri, il y a eu aussi Isabeau de Bavière qui a profité que son mari le roi Charles VI avait le cerveau en compote pour faire signer le pauvre homme. Et accessoirement, elle se tapait son frère. Vous en pensez ce que vous voulez, mais moi je dis que c'est pas un milieu recommandable.

Jacques fit signe à Jeanne de lâcher son rouet, qui agaçait tout le monde en grinçant, et de resservir de la bière à Joaquin. Dents serrées, au bord des larmes, elle s'exécuta. Elle n'avait rien compris à l'échange qui venait d'avoir lieu. Tous ces noms, rois, ducs et princes, ce traité de Troyes dont elle ignorait tout, sinon que la Lorraine était invivable depuis quatre-vingt-dix ans. On ne l'avait jamais jugée digne de savoir, de participer aux conversations et de faire entendre son opinion. On n'imaginait même pas qu'elle pût en avoir une. Elle fondit en larmes, sous le regard interloqué de ses parents qui n'y comprenaient rien. Qu'avaient-ils encore dit qu'elle pût mal prendre ? Joaquin, qui ne plaisantait pas dans la catégorie des super-légers, ricana :

– C'est ça, les filles.

Avant de grimper l'escalier quatre à quatre, Jeanne haussa les épaules. La porte de sa chambre claquée, elle s'effondra sur son lit.

Joaquin, qui avait la bière plutôt gaie, s'esclaffa. Il s'amusait de voir les parents contrariés par le caractère soupe au lait de leur fille et trouva bon d'en remettre une louche :

– Il fait pas bon lui marcher sur les pieds, à votre gamine. Ça me fait repenser au lavoir, où elle a failli noyer Tongue-of-ribaude.

De quoi parlait-il ? Isabelle fit des yeux ronds. Quant à Jacques, qui avait tu l'histoire à sa femme dans le seul but de la préserver, il tenta de donner un coup de pied sous la table au bavard, lequel hélas était trop loin de lui. Il improvisa un petit correctif mensonger.

– Ce n'est pas Jeanne qui a tenté de noyer Tongue-of-ribaude, mais Mathilde Hardt.

Disant cela, il fit un clin d'œil à Joaquin, qui n'en comprit pas la raison.

– On t'a mal raconté, Jacques. C'est bien Jeanne qui a tenté de noyer l'autre salope.

Tombant des nues, Isabelle tint à savoir à quelle histoire ils faisaient allusion. Jacques se trouvait dans l'impossibilité de faire taire son ami. De toute façon, Isabelle ne les aurait jamais lâchés. Joaquin poursuivit :

– Tongue-of-ribaude a dit devant tout le monde que Jeanne et Mathilde, comment dire... Toutes les deux... C'est difficile... disons que si je disais ce que je dis pas, j'aurais intérêt à me taire. Vous voyez, Isabelle ?

Isabelle bondit. Elle pointa un index de procureur sur son mari. Elle était cramoisie. Elle s'époumona :

– Et tu ne m'as rien dit ! Une chose aussi grave. Tout le village le sait, sauf ta femme ! Sauf sa mère. Sa pauvre maman, seule dans la vie, entre un mari faux jeton et une fille muette. Il y a des moments où tu me donnerais envie de faire comme ma nièce Hermine qui s'est jetée dans le puits.

Les sanglots l'empêchèrent de poursuivre. Elle hoquetait. Jacques fit signe à Joaquin qu'il en avait assez dit, mieux valait qu'il rentre chez lui. Lequel Joaquin posa une dernière question avant de franchir le seuil de leur maison :

– J'ai gaffé ?

7

Trois mois avaient passé. Octobre était là. Les nuances colorées des collines allaient de l'or au fauve. Le ciel semblait avoir envie de laisser croire qu'il serait gris à jamais. Il parachevait cette palette de mélancolie. On en était maintenant aux semailles.

Jacques conduisait l'araire. Il le faisait tirer tantôt par Pompon, tantôt par Ruban, histoire de les ménager. Suivaient Isabelle et Jeanne. Elles puisaient dans leur tablier tenu replié les graines qu'elles lançaient à la volée sur le sol scarifié. Plus de cent corneilles festoyaient.

Il fallut s'arrêter séance tenante. Le tocsin sonnait. Ils arrivaient du sud, on apprit qu'ils avaient mis Frébécourt à sac, incendié des granges, volé des biens. Et peut-être même tué des villageois. Les soldats du capitaine de Baudricourt se trouvaient trop loin pour pouvoir venir porter secours à temps.

Fuir. On devait s'y résoudre. On s'enferma dans l'église Saint-Rémy. Le plus souvent, la superstition retenait les soudards de profaner les lieux saints.

La presque totalité des Domrémois s'entassa sous la nef. Les petits pleuraient. Heckart Hardt et sa fille Mathilde se retrouvèrent à côté des d'Arc. Tongue-ofribaude préféra s'en tenir le plus loin possible. L'abbé Séroux pria l'assistance de réciter un *Pater Noster* afin que le Seigneur dissuade les pillards de se livrer à des exactions. Et, à sa grande surprise, il fut exaucé.

Une bonne cinquantaine de sabots claquèrent sur la pierre du pont romain. On les entendit défiler devant l'église. On retint son souffle. Ils passèrent. Ils échangeaient en langue brabançonne. Le son de leur voix décrut. Ils s'éloignèrent vers le nord, vers Greux. On respira. On entonna une action de grâce.

Jeanne laissa ses parents regagner le labour pour échanger avec Mathilde. Elle était effondrée. À chaque alerte, on devait se terrer. On vivait comme des lapins. Jusqu'à quand cela durerait-il ? À seize ans, elle n'avait connu que la guerre, mourrait-elle ainsi ? Mathilde se montrait pessimiste. Avec le dauphin Charles, le duc de Bourgogne et le roi d'Angleterre, trois soifs inextinguibles de puissance s'affrontaient. Seule la mort les arrêterait. Mais il ne fallait pas être pressé. Le dauphin était alors âgé de vingt-cinq ans, le duc de Bourgogne de trente-deux et le roi d'Angleterre, sous régence, de sept ans. Mieux valait s'armer de patience ou, encore mieux, s'armer tout court. Former des milices. Elle connaissait des jeunes dans la région qui s'y employaient. Son père et elle forgeaient des épées pour eux. Mais elle ne pouvait en parler, elle leur avait juré de garder le secret. Les roturiers n'avaient pas le droit d'être armés. Si on désobéissait, la punition était terrible.

Une fois encore, Jeanne eut honte de ses lacunes. Elle ne savait vraiment rien sur rien. Le dauphin ou le duc de Bourgogne, qui étaient-ils donc vraiment ? Pourquoi leur rivalité ? Comment, bien qu'ils fussent tous deux chrétiens, pouvaient-ils vouloir s'entretuer ? C'était par trop contradictoire. Elle avait besoin d'explications. Et, dans les villages, les gens de peu devraient-ils se laisser trucider sans avoir appris le pourquoi de la guerre ? Ce n'était pas acceptable. Mathilde semblait très instruite. Jeanne ne pouvait se résoudre à avouer son ignardise à son amie. Cela aurait ébréché le respect qu'elle semblait lui porter. Quant à questionner ses parents, ils auraient éludé en la renvoyant à ses moutons. Tout comme leur ami ce lourdaud de Joaquin Droiteval, ils devaient craindre que la culture ne rendît les filles indociles. Jeanne ne pouvait cependant se résoudre à stagner dans son ignorance crasse. Lui vint une idée.

Les volets de Macaire étaient clos. Elle l'entendit récitant un lai qu'il était en train d'apprendre. Il ânonnait comme un petit garçon. Elle se garda bien de frapper à son huis pour profiter du texte en entier. Elle n'en saisissait pas tout, mais ressentait pourtant quelque chose de très joli qu'elle ne savait exprimer.

D'eux deux il était ainsi
Comme du chèvrefeuille était
Qui au coudrier se prenait.
Quand il s'est enlacé et pris
Et tout autour le fût s'est mis,
Ensemble peuvent bien durer.
Mais qui les veut ensuite désunir
Le coudrier meurt bien vite
Et le chèvrefeuille avec lui.
Belle amie ainsi est de nous
Ni vous sans moi, ni moi sans vous.

Ça ressemblait à l'aveu d'un amour indéfectible. À qui Macaire s'adressait-il donc ? Sans qu'elle comprît pourquoi, Jeanne prit peur. Peur de quoi ? Qu'une autre lui vole son ami ? Cette crainte subite la surprit elle-même. N'arrivait-elle pas lors d'un moment intime ? Elle se sentit intruse. Elle amorça le geste de rebrousser chemin. Mais les volets s'ouvrirent.

Tous deux rougirent. L'un d'être surpris, l'autre de surprendre. Il lui ouvrit sa porte. Devinant qu'elle l'avait écouté, il lui apporta quelques précisions.

– Ça a plus de deux cents ans. Ça vient de Bretagne. Ça parle de Tristan et Iseult. C'est une femme qui a écrit ça.

Une femme poétesse ! Jeanne fit des yeux ronds. Une femme poétesse, elle ne se doutait pas que ça puisse exister, quant à « Bretagne », elle aurait aimé apprendre où ça pouvait bien se trouver. Elle savait qu'à la différence de ses parents, Macaire lui apportait toute sa considération. Elle pouvait donc lui poser n'importe quelle question sans honte. Apprendre, c'était la raison de sa visite.

– Bretagne, c'est une ville ?

Il s'empara d'un poignard qui traînait parmi un fouillis de manuscrits et dessina sur la terre battue de sa grange une sorte de profil grotesque. Il parcourut son dessin de la pointe de son arme en le commentant. Le gros nez, à gauche, c'était la Bretagne. La grosse verrue, c'était la Normandie. À droite, la nuque, c'était la Lorraine, où ils se trouvaient. En bas, cette bouche mécontente, c'était l'estuaire commun de deux fleuves, la Garonne et la Gironde. Et cette cicatrice qui partait juste au-dessous du gros nez pour barrer presque toute la tête, c'était la Loire. Jeanne admira autant le dessin que le savoir de son dessinateur. Elle éprouva le besoin de questionner.

– En juillet dernier, l'ami de mon père, Joaquin Droiteval, a dit que les Anglais descendaient vers

Orléans, qu'ils passeraient la Loire et iraient jusqu'en Espagne. Tu peux m'expliquer ?

– Première explication, ce type est un con, dit Macaire en riant.

Il reprit son poignard, qu'il pointa tout en bas sur le menton de la tête dessinée.

– Là, c'est l'Espagne. Là, c'est la ville d'Orléans. Ça fait plus de treize jours de cheval. J'aime mieux te dire qu'on les aura boutés hors de France avant.

– Boutés ?

– Virés, si tu préfères.

Jeanne réfléchit un instant, puis, de la pointe du pied, désigna le front du profil.

– Je sais que là il y a la mer, et en face l'île des Rouquins. Pourquoi débarquent-ils chez nous ?

Macaire réfléchit un instant. Ça ne se racontait pas en dix minutes. Il lui proposa de rester dîner. Il s'était mitonné une grosse cocotte de sanglier au vin de Bourgogne accompagné de girolles des collines. Ses parents la devineraient avec lui, ils ne s'inquiéteraient pas. Son père était venu se renseigner, il avait constaté qu'ils avaient d'excellents rapports, c'est-à-dire aucun. Il partit d'un grand rire, d'autant plus grand que le visage de Jeanne virait au cramoisi. Il déposa sa grosse cocotte sur des chenets. En attendant que ça réchauffe, il servit du vin pour deux. Il commença son récit tout en tisonnant le feu.

– Il faut remonter à hier pour comprendre aujourd'hui. Il y a bientôt trois cents ans, une reine de France aimait beaucoup la bagatelle, tandis que son mari préférait la chapelle. Elle épousa leur ennemi, le roi d'Angleterre.

– Sale coup !

– Comme tu dis. D'autant plus qu'elle partait avec sa terre natale, l'Aquitaine. C'est toute la grande surface en dessous de la bouche sur la tête que j'ai dessinée. C'est comme ça qu'une grande partie de la France est devenue anglaise.

– Comme un coin enfoncé dans le pays ?

– Exactement. Et puis les années passent, plus de deux cents ans après le roi d'Angleterre décide de s'emparer d'un petit port normand, Harfleur. Son forfait commis, il remonte au nord, il veut regagner son île en embarquant au port de Calais.

– On l'a laissé faire ?

– Non. On a voulu lui donner une leçon, on lui a coupé la route à Azincourt, mais on est tombé sur un os. Nos commandants ne s'entendaient pas. Tout le monde s'engueulait. Chacun avait son plan de bataille. C'était le bordel. Les salauds de Bourguignons, pourtant français, se sont carapatés. En face, ils étaient mieux armés. Et puis, c'était en octobre, le même mois qu'en ce moment, dans le Nord la pluie dure encore et encore, toute la noblesse française a péri dans la boue.

– Ça s'est passé il y a longtemps ?

– Non. Tu avais trois ans. À partir de là, tout est allé de Charybde en Scylla…

– Charybde en Scylla ?

– De mal en pis, si tu préfères. C'est à croire que Dieu nous a dans le nez. Sept ans plus tard, le roi de France meurt. Puis son fils héritier aussi et juste après c'est son frère Jean qui y passe. Ne reste plus que le petit Charles, qui n'a que quatorze ans. Le malheureux ado n'a pas les épaules.

– Quelle guigne.

– Et ce n'est pas tout. Quand tu avais six ans, l'insatiable duc de Bourgogne a sauté sur l'occasion. Il fait alors un massacre à Paris. Et s'empare de la ville. Le jeune dauphin est contraint d'aller se réfugier à Bourges avec sa maman. Une sale bonne femme, qui ne l'aime pas.

Jeanne demeurait atterrée. Elle devinait que le jeune dauphin écarté ne laisserait pas les choses en l'état lorsqu'il grandirait. Le malheureux peuple était bon pour la guerre *ad vitam æternam*. Les larmes lui montèrent. Apitoyé, Macaire déplaça un coffre. Il dissimulait une cavité qui contenait une épée. Jeanne reconnut tout de suite une arme sortie de la forge Hardt. Macaire s'amusa de la voir ainsi rester bouche bée.

– Avec ma patte atrophiée, tu devines qu'elle n'est pas à moi, cette épée. Jure-moi que tu ne répéteras pas ce que je vais te dire…

On frappait au volet. Il s'empressa de repousser le coffre sur la cavité. Il ouvrit sa porte avec précaution. Jacques leur souriait, tout gauche, comme penaud. Aucun des trois ne savait quoi dire. Le papa finit par balbutier qu'il n'était pas inquiet du tout.

8

Isabelle et Jacques cheminaient en forêt. Sous le tunnel vert, on n'entendait que le paisible clop-clop-clop des sabots de Ruban. Il tirait la carriole sans presser l'allure. Le couple n'échangeait pas le moindre mot. La veille, ils s'étaient accrochés au sujet des horaires élastiques de Jeanne. Isabelle l'avait secouée avec vigueur. Un soir elle rentrait dîner, l'autre pas… Elle faisait de sa présence une surprise. Où s'absentait-elle ? Mystère. (Jacques se tint coi.) La maison n'était pas une auberge ayant sa mère pour cuisinière ! Au prochain retard, elle trouverait son bol vide. Jacques soutint qu'une mère un tant soit peu moderne laissait la bride sur le cou aux filles de seize ans.

– Un tant soit peu moderne !

C'est en hurlant qu'Isabelle avait répété trois fois l'expression de Jacques. Elle lui avait envoyé dans les dents que son prétendu « modernisme » n'était rien d'autre que la dérobade d'un père face à une fille qui lui faisait peur. Oui, peur, car il n'était qu'un mollasson. Vexé par cette remontrance qui sapait son autorité devant Jeanne, Jacques avait fracassé une cruche en la précipitant au sol. Cette cruche leur manquait, à présent. L'échoppe du potier se trouvait à une lieue de Domrémy, à Coussey. C'était là qu'ils se rendaient.

Si Jacques gardait le silence, c'est qu'il voulait éviter de reprendre une conversation qui ne manquerait pas de s'enflammer à la seconde même. Malheureusement pour lui, quand quelque chose le contrariait, son front se plissait, ses deux sourcils se rapprochaient, presque à se toucher. Comme à chaque fois, Isabelle lut son front. Elle répondit à ce que Jacques s'était bien gardé d'exprimer.

– Je suis de ton avis, elle nous pourrit la vie.

– Je n'ai rien dit, moi !

– C'est tout comme. Vu son caractère, il serait grand temps qu'elle épouse soit un teigneux qui la contre, soit un toutou qui s'aplatisse. Tu vois quelqu'un, toi ?

– Ce que je vois surtout, ce sont les gros nuages qui s'amoncellent à l'horizon de sa vie. C'était à ça que j'étais en train de penser. Si tu veux savoir.

Jacques avoua se sentir encore tout remué par l'attaque des pillards d'hier. Ça ne s'arrêterait jamais… Il avait quarante-huit ans et la guerre avait commencé quarante-trois ans avant sa naissance. Il n'avait jamais connu la paix et ne la connaîtrait sûrement jamais. Quatre-vingt-onze ans de tueries ! Que règne Charles VII ou bien le duc de Bourgogne ou encore le roi d'Angleterre, il y aurait toujours des déserteurs qui violeraient, pilleraient, rançonneraient les gens du peuple. Quelle serait la vie de Jeanne, ainsi que celle de leur petit-fils, si jamais elle leur en donnait un ? L'émotion serrait la gorge de Jacques, sa voix se faisait chevrotante. Isabelle posa sa tête sur l'épaule de son mari en lui caressant la main qui tenait les rênes de Ruban. Elle adopta le ton le plus apaisant qu'elle pût.

– Joaquin Droiteval est au courant de tout ce qui se passe dans le royaume. Il t'a bien dit qu'Orléans tomberait sous trois jours au maximum. Philippe le Bon reprendra la France en main. Il remettra bon ordre dans les armées. Il n'y aura plus jamais de déserteurs ou de pillards. Notre vie deviendra paisible. Il a même promis qu'il supprimerait les impôts.

– Balivernes ! Droiteval peut raconter ce qu'il veut. Ce Philippe le Bon, il manigance avec les Rouquins. Là-haut, dans le Nord, dans le Brabant, il achète leur laine bien meilleur marché que la nôtre. Ils appellent ça du *dumping*, les Rouquins. S'ils règnent un jour, ils vont inonder le marché de drap pas cher. Les petits bergers comme nous vont se retrouver sur la paille. Et puis, ce Philippe dit « le Bon » n'est pas le genre de bonhomme à qui je ferais confiance. Il a fait égorger la moitié des Parisiens pour s'emparer de la ville. C'est pas bon signe.

– On a vite fait de juger. Il y a sûrement du bon en lui. On ne l'appellerait pas « le Bon », autrement.

– Ne sois pas naïve. Qu'ils se fassent appeler Philippe « le Hardi » ou Jean « sans Peur », ou encore Philippe « le Bon », c'est juste de la com, Isabelle. Si Orléans tombe, on se fera manger la laine sur le dos par le roi d'Angleterre, et si Orléans rompt le siège, ce sera par le roi de France qui aura besoin de se renflouer. Alors, tu sais, moi et la politique…

Ils longeaient le bois des Combelles, une hêtraie qui appartenait au baron Gislebert de Coussey. Des bûcherons ahanaient dans la profondeur de la futaie, leurs cognées résonnaient. Un voile de fumée rampant entre les troncs picotait la narine. C'était là que Jacques se fournissait en bois de chauffage. Il entretenait d'excellentes relations avec Adelin Maurimont, le métayer du baron. Les deux hommes bénéficiaient d'un accord qu'ils avaient passé. Jacques lui faisait cadeau des légumes de son potager, contre quoi le métayer lui cédait le bois à moitié prix.

Une idée vint à Jacques. Cigognes et hirondelles avaient déserté leurs nids de très bonne heure, cette année. L'hiver serait précoce. Puisque les bûcherons œuvraient là où ils passaient, autant en profiter pour commander son bois dès maintenant. Il immobilisa leur attelage, s'enfonça en forêt. Une dizaine d'hommes essartaient, brûlaient des broussailles, formaient des stères. C'est sur le fils du métayer qu'il tomba. Conrad Maurimont. Un éphèbe de vingt-deux ans.

Dirigeant les bûcherons, il se tenait droit sur un jeune demi-sang. Le drapé de sa cape de velours vermillon étalait ses plis sur la croupe blanche de son cheval. Avec ses boucles dorées dans le nimbe d'une fumée diaphane, on l'aurait cru sorti d'une image pieuse. Bien qu'il eût vingt ans de moins que Jacques, son regard d'un bleu rare l'intimida. Il lui apprit que son père s'était fortement tordu la cheville en sautant de cheval. Jacques souhaita un prompt rétablissement à son père, puis bredouilla sa commande et s'empressa d'aller retrouver Isabelle, restée à patienter dans la carriole. Tout frétillant, il murmura à son oreille :

– Je crois que j'ai quelqu'un pour Jeanne.

Rentrant chez eux, ils surprirent l'abbé Séroux assis sur le parapet du pont romain. Les pieds dans le vide, il fixait la Meuse. Lui, enclin à faire la causette à la moindre occasion, ne leva même pas la tête à leur passage. Étrange comportement. Parvenus à leur maison, Jacques mit Ruban au pré et s'empressa de retourner voir l'abbé. Il lui demanda si ça allait, alors que manifestement ça n'allait pas. L'abbé Séroux lui répondit sans cesser de fixer les tourbillons émeraude qui s'enroulaient sous le pont.

– Tu parles aux imbéciles, maintenant ?

Jacques comprit que la dernière fois qu'ils s'étaient parlé, il avait gaffé par la faute d'Isabelle. Elle s'était attribué l'idée de placer Jeanne chez la détestable sœur Saint-Irénée à Toul, or c'était l'abbé Séroux qui avait été l'auteur de cette trouvaille. Victime de cette cachotterie, il avait confié au prêtre qu'il s'agissait d'une idée d'imbécile. Jacques lui demanda pardon pour cette méprise. L'abbé lui répondit sans lui adresser le moindre regard ; il ne quittait pas la Meuse des yeux, c'en était inquiétant.

– Tu as peut-être bien raison, je dois être un imbécile. En tout cas, ce que je sais, c'est que je suis un très mauvais prêtre.

Quel aveu ! Jacques n'en croyait pas ses oreilles.

– Ne dites pas ça. Vous ne pouviez pas savoir que des médisances à propos de Jeanne s'étaient répandues jusqu'à Toul. C'est la rigidité de sœur Saint-Irénée qui a tout flanqué par terre.

L'abbé Séroux fit pivoter ses fesses à cent quatre-vingts degrés sur le parapet. Il ne se tenait plus pieds ballants au-dessus du fleuve, mais posés sur le pont. Jacques prit ça comme un petit progrès, d'autant plus que l'abbé le regardait enfin en lui parlant.

– Il n'y a pas de mal, mon petit Jacques, ce quiproquo est plutôt risible. Ce qui me taraude est d'une tout autre ampleur. Je te confie ça. Promets-moi de n'en parler à personne.

– Je vous promets, mon père.

– Je suis un prêtre de très mauvaise qualité. Je devrais démissionner, hélas, je ne saurais exercer aucun autre métier.

– Je puis vous jurer que jamais un Domrémois n'a pensé que vous étiez un mauvais prêtre. On vous aime beaucoup. Vous êtes indispensable ici.

– Ça m'a explosé au visage hier, quand les déserteurs sont passés devant l'église où nous étions tous barricadés. J'ai prié pour que ces pillards épargnent Domrémy. Ils l'ont épargné.

– De quoi vous plaignez-vous ? Vous avez été exaucé.

– Je n'y croyais pas du tout à ma prière et ça a marché quand même. Pur hasard. Tout n'est toujours que hasard. Rien d'autre. J'ai récapitulé le nombre de fidèles pour lesquels j'ai imploré la guérison depuis que je suis prêtre. Ils sont tous sous une dalle. La moitié du cimetière. J'ai pris peur. « Cause toujours ! » Ça vous donne un sentiment de solitude à flanquer la pétoche.

– Je vous comprends. Isabelle me fait souvent penser à Dieu. Elle ne me répond jamais quand je lui parle et ne fait rien de ce que je lui demande.

– Enfin, bon sang, je suis prêtre quand même ! Tu es laboureur, toi, que penserais-tu de ta légitimité si le grain que tu sèmes ne levait jamais ?

– En effet, ça questionnerait.

– Quand la bataille d'Azincourt s'est déroulée, j'entrais au séminaire. J'ai prié des nuits entières pour que les Français gagnent. On s'est fait écrabouiller. Il s'est ensuivi des dizaines de batailles, à chaque fois j'ai prié et à chaque fois on s'est fait battre à plate couture. J'en arrive à croire que mes prières portent la poisse.

– Dieu ne serait pas anglophile, par hasard ?

L'abbé Séroux jugea que l'hypothèse de Jacques méritait d'être vérifiée, mais comment opérer ? L'issue du siège d'Orléans, qui se préparait en ce moment, permettrait de se faire une opinion. Bien qu'à l'avance on pût en avoir une. Vu la pugnacité des Anglais et l'abattement des Français, on n'avait pas besoin d'être voyant pour connaître l'issue de l'affrontement. La seule chose positive qu'il pourrait faire, lui, serait de s'abstenir de prier pour ne pas porter la guigne aux Français.

L'abbé descendit du parapet pour marcher au côté de Jacques vers leurs demeures respectives. Tous deux restèrent songeurs jusqu'à ce que, au bout de quelques mètres, le prêtre marquât un arrêt. Il posa ses mains sur les épaules de Jacques, le fixant droit dans les yeux.

– Quoi qu'il arrive, tu tais tes opinions. Tu m'entends bien, Jacques ? Armagnacs ou Bourguignons, nul ne sait qui l'emportera à l'issue du siège. Les gens sont paisibles pour l'instant, mais le résultat connu, il y aura inévitablement des exactions envers les perdants. Même si tout le monde a l'air gentil aujourd'hui, les vengeurs se dissimulent parmi nous. Ce sont des lâches, les femmes et les filles trinqueront en premier. Comme tous les jeunes, ta Jeanne est impulsive. Qu'elle ne se mêle surtout pas de politique. Jamais !

Jacques répondit du tac au tac :

– Il ne manquerait plus que ça !

9

On était le 3 octobre, c'était la Saint-François d'Assise. L'abbé Séroux avait dit le plus grand bien de ce saint à Isabelle. Détail sympathique, il y avait presque trois siècles, Pietro Bernardone dei Moriconi, son papa, était venu d'Italie jusque chez eux, en Lorraine, pour se procurer l'excellent drap dont il faisait commerce. Et puis, beaucoup plus admirable, saint François d'Assise se donnait la peine de prêcher l'amour de Dieu aux oiseaux. Il n'allait cependant pas jusqu'à leur parler en latin, seulement en italien. Évangéliser les oiseaux, tout le monde ne l'aurait pas fait. Qui aurait pris ce temps ? Cette sollicitude pour nos petits frères ailés avait ému Isabelle. À tel point que pour la Saint-François elle servait toujours une tourte au pâté de merle et des cailles rôties.

Jacques avait mis en perce un tonnelet de vin de Moselle. Leur invité était Joaquin Droiteval, mieux valait voir large. L'ami bourrelier devait leur apporter des harnais neufs pour Pompon et Ruban, deux jeux de guides, des muserolles ainsi que des dossières.

Isabelle envoya Jeanne au four banal pour qu'elle y achète du pain frais. Elle devina ainsi qu'ils avaient un invité. Lorsqu'ils lui apprirent que c'était Joaquin Droiteval, elle prétexta qu'elle n'avait pas faim du tout et partait se promener en forêt. Isabelle la retint par la manche en levant la main sur elle. Si jamais elle ne déjeunait pas avec eux, elle lui donnerait une correction comme jamais, l'enfermerait deux jours à clef dans sa chambre et elle n'aurait pour tout repas que du pain sec et de l'eau. Jacques prit parti. Si Jeanne n'appréciait pas son ami Joaquin Droiteval, après tout c'était son droit. Lui-même n'aimait pas le copain de Jeanne, ce Macaire Burey. Il lui en aurait coûté de partager un repas avec lui. Isabelle s'emporta, Jacques ne perdait aucune occasion de saper son autorité devant leur fille. Si bien qu'elle n'avait aucun pouvoir sur elle. Jeanne ne faisait que ce qu'elle voulait, quand elle le voulait. Ça finirait par mal tourner. Ne supportant plus les cris de sa mère, Jeanne se boucha les oreilles des deux mains. Elle hurla à son tour.

– JE RESTE ! Mais je ne le sens pas du tout, votre gros lourdaud.

Isabelle et Jacques se pétrifièrent. Dans le dos de Jeanne se tenait Joaquin, dans l'embrasure de la porte Droiteval, tout sourire, les bras chargés de harnais.

C'est très tendus que les parents prirent place à table. Par chance, Joaquin semblait ne pas avoir entendu Jeanne, puisqu'au nom de sa longue amitié avec les d'Arc, il leur fit cadeau de tous les harnais. Une fortune. Isabelle et Jacques respiraient enfin. C'est très ému que Jacques embrassa son copain. N'en déplaise à Jeanne, si cet homme manquait parfois de délicatesse, il n'en avait pas moins un cœur d'or.

Jeanne déposa sur la table les cailles rôties ainsi que la tourte de pâté de merle d'Isabelle. Elle savait que ces préparations avaient demandé des heures à sa mère, mais elle prévint qu'elle ne toucherait à rien. On était vendredi et elle trouvait tout à fait choquant qu'une famille soi-disant chrétienne consomme de la viande.

Un ange passa. Puis les conversations reprirent. Tous les trois se régalèrent, tandis que Jeanne grignotait des bretzels. Grandement félicitée, Isabelle, flattée, redevint souriante. Elle faisait la tête depuis son altercation avec Jacques et Jeanne. Joaquin fit honneur au vin de Moselle. À tel point que Jacques se demanda si son tonnelet n'était pas trop petit.

Au début du repas, l'atmosphère fut enjouée, on échangea des propos futiles au sujet du temps qu'il faisait, des voisins, des idylles, des mariages, des ruptures. Jacques n'avait qu'une crainte, que son ami aborde une fois de plus l'un de ses sujets favoris : la politique. Ce qui ne manqua pas. Légèrement gris, Joaquin se leva pour porter un toast. Il monta haut son bol de vin de Moselle.

– Les amis, forçons-nous à être gais. Le mois dernier, c'était un sale anniversaire ; il y a neuf ans, le 10 septembre, on assassinait le malheureux duc de Bourgogne Jean sans Peur. Buvons à sa mémoire.

Jeanne ne leva pas son bol. Jacques haussa le sien en tentant une digression pour passer à autre chose. Malheureusement, Isabelle relança Joaquin.

– Je n'ai eu que des bribes. Ça s'est passé comment ?

– Le pauvre duc de Bourgogne, il s'est montré bien naïf. C'est plein de bonnes intentions qu'il venait négocier.

Jacques surprit Jeanne qui, pour bien montrer qu'elle s'ennuyait, ne cessait de lever les yeux au ciel. Il fit une nouvelle tentative pour que l'on changeât de sujet.

– Bravo pour ta tourte, Isabelle, tout le monde en reprend ? Tu en vendrais sur le marché, tu ferais fortune. Pas vrai, Joaquin ?

Isabelle lui fit signe de se taire et de ne pas interrompre son ami.

– Il venait négocier quoi ?

– Une alliance.

Joaquin leur apprit que le duc de Bourgogne avait auparavant tenté d'arrondir les angles avec le roi d'Angleterre. Le mufle lui avait claqué sa porte au nez. Très vexé, il avait laissé tomber l'Anglais et donné un rendez-vous près de Paris, à Pouilly-le-Fort, au dauphin Charles, pour un premier *meeting*.

– Vous voulez dire « réunion » ? Chez les d'Arc, on ne parle pas l'anglais.

Jeanne venait de couper Joaquin sur un ton extrêmement pète-sec. Les trois adultes restèrent un moment interloqués. Isabelle s'excusa auprès de l'invité. Son mari passait tout à sa fille, le résultat était là, on se trouvait en présence d'une gamine insolente. Elle pria Joaquin de reprendre son récit, qui passionnait tout le monde. Jeanne soupira très fort pour bien montrer combien elle se dissociait de « tout le monde ». L'invité enchaîna sans en tenir compte.

– Ils se revirent deux mois plus tard, sur un pont enjambant l'Yonne, à Montereau. D'emblée, le dauphin Charles, un morveux de seize ans, je dis bien de seize ans…

Il répéta avec un regard appuyé vers Jeanne, qui avait le même âge. Puis il reprit.

– D'emblée, le dauphin Charles, qui n'avait aucun sens de la diplomatie, dit à Jean sans Peur qu'il le soupçonnait de ne pas être franc du collier ; en dépit de tous les accords qu'ils pourraient passer, il savait fort bien qu'en douce il poursuivrait ses affaires de laine avec les Anglais.

Joaquin s'adressa à Jeanne, qui observait les mouches au plafond.

– Mademoiselle ! Remarquez que j'ai dit « affaires » et non pas *business.*

Il adressa un clin d'œil entendu aux parents, qui sourirent. Il reprit.

– Jean sans Peur n'était pas homme à se laisser moucher par un gamin, fût-il dauphin. Il lui envoya dans les narines que personne n'était sûr qu'il fût bien le fils du roi. Cette incertitude avait été émise par sa propre mère, Isabeau de Bavière, la mieux placée pour le savoir. Il conseilla au dauphin d'aller chercher son papa Charles VI. C'était avec lui seul, un vrai roi, qu'il passerait tout accord. Il ne signerait rien avec le bâtard de Charles.

– Ça partait mal, grommela Jacques en resservant du vin de Moselle.

Joaquin but une grande lampée, en faisant signe qu'il n'avait pas terminé son récit.

– Comprenant la détermination du duc de Bourgogne, un conseiller du dauphin, un certain Tanneguy du Chastel, s'empara d'une hache et fendit en deux la tête du malheureux Jean sans Peur. Ce salopard était originaire du Finistère. C'était un comportement typiquement breton.

Isabelle poussa un « ah ! » d'effroi tout en se signant. Jacques se contenta de hocher la tête, avouant :

– Selon moi, ce ne sont pas des choses à faire.

Hors d'elle-même, rouge de colère, Jeanne se leva de table pour invectiver Joaquin Droiteval.

– Bla-bla-bla et bla-bla-bla, vous pouvez inventer ce que vous voulez ! Des charpentiers avaient construit un enclos sur le pont pour que personne ne voie ni n'entende quoi que ce soit des échanges. Ils se sont entretués à huis clos. On ne saura jamais qui a commencé, même vous, le gros malin qui sait tout. Il faut quand même se souvenir que douze ans auparavant, les Bourguignons avaient zigouillé le tonton du dauphin, c'est pas le meilleur préalable quand on veut négocier la paix.

Joaquin tenta d'en placer une, mais Jeanne lui fit signe de se taire.

– Je n'ai pas fini. Quand Jean sans Peur a fait assassiner le tonton du dauphin, le malheureux Louis Ier d'Orléans sortait de chez lui à Paris, rue Vieille-du-Temple. Il n'était pas armé. Alors que sur le pont de Montereau, votre sinistre lâche portait une épée et avait dix gardes du corps. Alors, admirez cette crapule si ça vous chante, mais pas moi. Je sors, ça sent trop mauvais ici.

Éberlués, ils restèrent un moment silencieux après le départ de Jeanne. Jacques était le plus sidéré des trois. Où avait-elle bien pu apprendre tout ça, avec autant de précision ? Cela ne pouvait venir que de Macaire Burey. Cultivé comme il l'était, il ne pouvait qu'être un jeune et dangereux subversif. Comme l'avait conseillé l'abbé Séroux, il ne ferait pas bon que Jeanne fît part à n'importe qui de ses convictions. Si les Anglais aussi bien que les Français gagnaient la partie à Orléans, il ne faudrait pas s'étonner si on venait les égorger et incendier leur maison. Elle devait à tout prix cesser de fréquenter cet agitateur. Constatant que Joaquin restait pantois, il voulut calmer le jeu.

– Elle est jeune, ça lui passera.

Joaquin resta comme sourd. Il ne tenait pas au dessert. Il enfila son pourpoint. Avant de franchir le seuil, il menaça les d'Arc.

– Avec une fille aussi mal élevée, vous allez en baver sous peu, croyez-moi. L'éducation et vous, ça fait deux. Chez moi, une gamine de seize ans, ça se tait à table et ça ne se mêle surtout pas de politique. Et toi, le père inexistant, tu n'es même pas intervenu en ma faveur. Tu me déçois beaucoup, Jacques.

La mesure était comble. Jacques vit rouge.

– Merci, monsieur le conseiller familial. Je vais tirer profit de tes leçons, toi qui n'as jamais eu d'enfant. Toi dont la femme a disparu avec un garde déserteur du château de Gondrecourt. Parce qu'elle n'en pouvait plus de tes cuites. Je la vois encore pleurer ici. Mais reviens quand tu veux. Je suis friand de tes conseils avisés. Et quant à tes harnais, je tiens à te les payer.

Sitôt Joaquin parti, Jacques se retourna contre Isabelle. C'était par sa faute qu'il perdait un ami, car au départ Jeanne ne voulait pas assister à ce déjeuner. Elle n'aurait pas dû être là. Mais avec son despotisme de tyran, elle l'y avait contrainte. Seulement, on ne contraignait jamais une d'Arc sans dommages. Isabelle eut un rire moqueur.

– Ne me fais pas rire, mon pauvre Jacques. C'est chez les Romée qu'on est fermes. Chez les d'Arc, on est tout mou, tout mou. Il n'y a qu'à regarder ton pauvre père.

Durant une seconde, Jacques eut envie de la frapper. Il préféra fracasser au sol la cruche qu'ils avaient achetée la veille à Coussey.

10

Sous le toit de l'appentis, les nids ne gazouillaient plus depuis quinze jours. Les hirondelles étaient loin. Novembre arrivait. On redoutait les froidures. Le voisin, Maïeul Barémont, possédait un vignoble sur un coteau mal exposé. On y vendangeait toujours tardivement. Jacques faisait partie des Domrémois venus fouler son raisin. Son dos lui faisait douloureusement sentir que la journée avait été longue. La vigueur qui avait été la sienne vingt ans plus tôt avait décliné. Il avait quarante-huit ans aujourd'hui. Demain, dès le lever du soleil, il lui faudrait passer la herse à déchaumer sur son champ. Il appréhendait.

Il se laissa choir sans un mot sur le banc de la table commune. Ses épaules semblaient supporter une charge invisible. Isabelle le devina impatient de monter dormir. Elle emplit sans attendre son bol de soupe. Il appréciait que l'on dîne ensemble, que chacun raconte sa journée passée, ses projets pour demain, que l'on échange à trois, en famille, quoi. Jeanne aurait dû être là. Où pouvait-elle donc traîner ? Isabelle appela en vain du bas de l'escalier ; aucune réponse, elle ne se tenait pas dans sa chambre. Elle se rendit à la bergerie ; elle avait bien rentré tous les moutons. C'est à l'écurie qu'elle comprit qu'elle avait encore filé sans avoir prévenu. Ruban était là, mais pas Pompon. Isabelle éprouva deux angoisses simultanées. La savoir dehors alors que la nuit tombait et subir la colère de Jacques pour son absence au dîner.

Il ne haussa pas le ton. La fatigue sans doute. Tout en bâillant, lapant sa soupe, il reprocha à Isabelle d'exercer une discipline bien trop rigoureuse sur leur fille. Jeanne ne pouvait que souhaiter s'éloigner du foyer. Pour l'instant, ce n'était que les repas qu'elle fuyait, mais il prédisait que dans moins d'un an elle aurait quitté la maison. Dans sa hâte, elle choisirait le premier prétendant venu, n'importe quel homme à condition qu'il l'emportât le plus loin possible de Domrémy, autant dire le plus loin d'eux. Or, Isabelle devait bien convenir que pour vivre loin des siens, prendre le premier mari venu était une décision à haut risque. Toutefois, en père avisé, il avait prévu un contre-feu à cette éventualité : un excellent parti.

– Qui ? demanda Isabelle.

C'est alors que l'abbé Séroux surgit, essoufflé, en nage, le cheveu en bataille. Il fallait se calfeutrer ! S'armer de fourches et de faux ! Une vingtaine de pillards avaient été signalés sur la route de Vaucouleurs. Il n'était pas du tout sûr que les soldats de Robert de Baudricourt fussent sortis de nuit pour les intercepter. C'était à se demander où passaient les impôts.

Plus question de fatigue ! Jacques bondit hors de la table. Fonça à l'écurie. Sella Ruban. Partit au galop. Frappa chez les Hardt. Maison et forge étaient closes. Il malmena Ruban. Galopa chez Macaire.

Aucune lueur ne filtrait à travers les volets de la grange. En revanche, dans le petit cabanon au fond du verger, entre les interstices des bardeaux, tremblotait la flamme d'une chandelle. Ils étaient donc là. Loin des pillards. Il souffla enfin. Rassuré.

C'est un dominicain qui lui ouvrit. Un souriant grassouillet, dans la cinquantaine. En bon ecclésiastique, il avait cette élocution émolliente et câline à l'oreille des fidèles anxieux. Il offrit un verre de liqueur à Jacques, qui refusa. Il but seul. Il était venu prendre livraison de traductions en latin depuis la langue germanique. Comme d'habitude, Macaire avait excellé. Cher petit Macaire, quel talent. Le texte portait sur le synode de Sutri en 1046. Le gentil dominicain entreprit d'apprendre à Jacques l'homme qu'avait été l'évêque de Bamberg avant de devenir pape sous le nom de Clément II. Jacques l'assura qu'il s'était souvent posé la question, il brûlait de savoir, mais il saurait patienter encore un peu. Dans l'immédiat, où était sa fille ? Le prêtre fut déçu que l'on changeât aussi vite de sujet. Mais bon… Jeanne et Macaire s'étaient rendus à la taverne Chez la Rousse, à Neufchâteau.

Chez la Rousse ? Que pouvaient-ils bien y faire ? Cette question le tarabusta durant les trois lieues qui le séparaient de Neufchâteau. La taverne était un endroit dont on ne parlait qu'en confession. Jeune homme, il y était allé une fois, s'en était confessé aussitôt après, puis, par la suite, il n'avait jamais négligé de se confesser à chaque fois qu'il y était retourné. Mais pourquoi diable Macaire avait-il éprouvé le besoin d'y entraîner Jeanne ? Il avait beau chercher, il ne trouvait aucune explication plausible. Il engagea Ruban sur le sentier forestier qui menait à Neufchâteau.

Un chien aboya. Des voix dans la nuit le sortirent de ses conjectures. On venait. Il prit peur des pillards à propos desquels l'abbé Séroux les avait alertés. Il pria pour que Jeanne et Macaire ne les aient pas croisés.

Il transpira, glacé. Par chance, à deux pas sous les hêtres, béait le trou noir du portail ouvert d'un abri de bûcherons. Il y entra avec Ruban. Sous la lumière de la pleine lune, il vit passer les frères Tremblot, éméchés, qui rentraient de bamboche. À cette heure tardive, ils ne pouvaient que venir de Chez la Rousse. Jacques les laissa s'éloigner pour ne pas être surpris y allant. Sinon, demain tout Domrémy apprendrait que le respectable doyen du village fréquentait la taverne nuitamment.

Une gêne l'étreignit lorsqu'il se trouva sur le seuil. Si un Domrémois le surprenait là, il ne pourrait jamais prétexter qu'il venait y chercher sa fille. Il releva le capuchon de son pourpoint, le rabattit sur son front le plus bas qu'il put. Or la précaution se révéla inutile.

L'endroit n'était plus du tout celui qu'il avait connu dans sa jeunesse. Plus de ribaudes pour alpaguer l'entrant, elles avaient cédé la place à un serveur-videur solidement bâti. Plus de pénombre complice, de nombreux chandeliers, plus de box obscurs, une salle ouverte à tous. Ce soir, les tables avaient été empilées dans un coin pour laisser place à une foule d'hommes debout, au coude à coude. Au fond, on avait dressé une estrade sur laquelle un jeune homme s'adressait au public. Jacques le reconnut sans peine, c'était Colet de Vienne. Il l'avait croisé à plusieurs reprises au château de Robert de Baudricourt. Il était l'un des messagers du capitaine qui faisaient le va-et-vient entre Vaucouleurs et la cour du dauphin Charles à Bourges.

Ce garçon bien informé faisait part à l'assistance de son pessimisme. On était fin octobre, l'encerclement d'Orléans par les Rouquins avait commencé voilà un mois. Ils avaient déjà investi quatre villages au bord de la

Loire, Meung, Jargeau, Châteauneuf et Sully. Toutes les places fortes autour de la ville étaient tombées aux mains des Rouquins. Ils n'en étaient pas encore à franchir les remparts, mais ça n'allait pas tarder, ils dressaient des catapultes et renforçaient l'artillerie. Il ne fallait pas s'attendre à un miracle, Dieu se révélait clairement pro-anglais. Et après les nombreuses défaites durant les années et les mois précédents, le dauphin Charles se trouvait à la tête d'une armée clairsemée. Il faisait face à d'innombrables désertions sans pouvoir recruter. Ses caisses étant vides. Orléans ne manquerait pas de tomber sous peu, il fallait s'y résoudre. L'assistance murmura un « Ah ! » de dépit.

Jacques ne prêta que peu d'attention au discours du messager. Retrouver Jeanne occupait autrement ses pensées. Il monta sur un tabouret pour parcourir du regard la forêt de chevelures. On râla derrière lui. Il n'en tint pas compte. Son cœur s'affolait, ils avaient bien pu raconter n'importe quoi au dominicain. Si jamais ils n'étaient pas là, où pourrait-il bien… Il pensa à nouveau, avec terreur, aux pillards que l'abbé Séroux était venu leur signaler. Ils avaient dû tomber sur eux en chemin. Ses jambes flageolèrent.

C'est alors qu'il reconnut les deux qui se tenaient de dos au pied de l'estrade. C'étaient Mathilde et son père le forgeron géant, Heckart Hardt. Ils fendirent la foule, jouèrent des coudes pour gagner la sortie. Dégageant ainsi la vue, ils permirent à Jacques d'entrevoir les deux têtes de spectateurs assis aux pieds de l'orateur. Une nuque rousse et la châtaine tant aimée. Elle était là ! Maudite adorée ! Cette nuque, il en connaissait l'odeur d'herbe coupée. Il l'avait tant respirée, embrassée, caressée aux temps lointains où elle l'autorisait. Il fut tenté de se glisser jusqu'à elle. Mais la surprise, la colère d'avoir été suivie n'auraient pas manqué de provoquer une rebuffade. Voire un scandale devant tout le monde. Jacques s'apprêtait à repartir en catimini lorsque Jeanne leva le bras pour obtenir la parole. Ce qu'accepta volontiers Colet de Vienne, lui tendant la main, l'aidant à monter sur l'estrade. Elle s'adressa au public d'une voix à la fois ferme et posée que son père ne lui connaissait pas :

– Mes amis, c'est très triste ce qui se passe à Orléans, mais c'est à cent lieues de nous. Ici, nous sommes en Lorraine. Ce sont nos mères et nos sœurs qui se font violer par les déserteurs. Que ce soit le dauphin Charles ou le roi d'Angleterre qui gagne, les troupes dissoutes des perdants terroriseront toujours nos campagnes. C'est pourquoi, même si c'est interdit aux gens du peuple, il nous faut nous armer. Les Hardt ne demandent qu'à nous aider. Nous payons de lourds impôts à nos seigneurs et leurs soldats viennent toujours nous défendre. Malheureusement, c'est toujours après que les malandrins sont partis. Nous devons apprendre à nous battre. Nous devons former des milices villageoises clandestines. Nous devons nous unir. Notre survie en dépend.

On applaudit longuement l'oratrice. Jacques profita du tohu-bohu pour filer. Il enfourcha Ruban. Tout abasourdi, il chevaucha vers Domrémy. Incroyable ! Il venait de découvrir une inconnue. Cette fille quasi muette à la maison était capable de haranguer une salle jusqu'à l'amener à ses vues. Elle s'exprimait à merveille. Il ne se serait jamais douté qu'elle possédât un tel talent oratoire. Mais cette médaille flatteuse avait un revers. Elle exploitait sa force de conviction à des fins politiques. Ce qui était le meilleur moyen de faire remarquer la famille d'Arc et de leur attirer les pires ennuis. L'époque était trop troublée pour aller au-devant du moindre risque. La connaissant comme il la connaissait, la raisonner, autrement dit user de la raison pour tenter de la convaincre confinait à la gageure. Or, Isabelle et lui ne pouvaient la garder prisonnière à la maison. Alors quoi ? La raison n'opérant pas, restaient les sentiments. Si elle tombait amoureuse d'un homme, si elle se mariait avec lui, si elle avait des enfants, elle ne songerait plus à faire de la politique la nuit à la taverne Chez la Rousse.

À la réflexion, ces trois « si » semblaient possibles à concrétiser. Il devait encore informer Isabelle de ce que sa stupéfiante soirée à la taverne Chez la Rousse lui avait appris. Il arriva à la maison. Bien qu'au cœur de la nuit, il y avait encore de la lumière au premier. Il n'aspirait qu'à dormir, mais Isabelle éveillée à cette heure et aux cent coups, il se doutait bien que le gros dodo serait pour une autre fois. Il avait prévu de passer la herse à déchaumer sur son champ dès le lever du soleil. Le ferait-il ? Il bâilla. Il maudit Jeanne.

11

Jusque-là blême, le ciel se teintait peu à peu d'un délicat saumon clair. L'aube avait fini par arriver. Isabelle et Jacques avaient échangé jusqu'à l'épuisement. Toujours pas de Jeanne. Isabelle allait et venait devant la cheminée en répétant comme une litanie :

– Ma fille fait de la politique ! Ma fille fait de la politique ! Ma fille fait de la politique !

Elle ajoutait :

– Et une meneuse, en plus ! Moi qui ai toujours voulu que les d'Arc restent discrets !

Elle clamait cela les mains crispées dans ses cheveux, comme tentée de se les arracher. Jacques regrettait presque de lui avoir confié sa découverte. Mais comment faire autrement ? Il ne pouvait avoir passé la nuit à la taverne Chez la Rousse sans en donner l'explication à son épouse.

Soudain, elle s'immobilisa. Se tut. Fixa Jacques, l'œil humide.

– J'aurais presque préféré que soient vrais les ragots sur Jeanne et Catherine Hardt.

– Mathilde Hardt.

– Va pour Mathilde. Est-ce que tu crois vraiment que c'est le moment de me contredire ?

Ses larmes redoublaient. Jacques la prit dans ses bras. Sécha de l'index ses joues luisantes. Il lui embrassa le front tout doucement, avec application, comme on le fait aux petits enfants tristes. Il lui rappela qu'ils avaient échafaudé un plan pour qu'un prétendant l'épouse, de telle sorte qu'avec plusieurs marmots elle n'ait plus le loisir de faire courir de risques aux d'Arc en s'adonnant à la politique. Qu'elle se rassure, il passerait à l'action aussitôt que…

Les fers de Pompon claquèrent sur le pavé du pont romain. Ils se turent et sortirent. Jeanne parut. Rougissante. Elle conduisit Pompon à l'écurie. Surprise de les voir déjà debout, elle justifia sa nuit passée hors du foyer familial.

– Macaire a été pris d'une forte fièvre. J'ai eu très peur qu'il meure seul. J'ai prié à son côté toute la nuit. Le médecin de Neufchâteau vient d'arriver.

Jacques et Isabelle échangèrent un regard de connivence. Pour l'instant, il leur sembla préférable de faire comme s'ils gobaient ce bobard. Jeanne monta se coucher. Lorsqu'elle ferma la porte de sa chambre, c'est avec empressement qu'ils en firent autant. Après tout, le déchaumage du champ n'était pas à un jour près. Avant de s'endormir, ils repassèrent en revue les phases du plan de Jacques. Isabelle n'opposa aucune objection. Pour une fois, tous deux se sentaient complices. L'endormissement venant, Jacques lui murmura, alors qu'elle dormait déjà :

– Ta quiche lorraine, ce sera parfait.

Trois jours passèrent. Épuisé mais satisfait, Jacques parcourut son champ du regard. Il venait d'en achever le déchaumage. Restait à rendre leur herse aux frères Tremblot. Il s'empressa de filer chez eux car avant le dîner il devait encore se laver « en grand », bien qu'on ne fût pas samedi, et revêtir ses vêtements du dimanche. Ce soir, Conrad Maurimont livrait sa commande de bois.

De retour à la maison, deux parfums mêlés flattèrent la narine de Jacques, une quiche lorraine ainsi qu'une tarte aux mirabelles. Ces deux mets assuraient toujours un franc succès à Isabelle. Jacques l'embrassa en la remerciant. Tout en actionnant les pédales de son rouet, Jeanne haussa les épaules. La moindre manifestation de tendresse entre ses parents l'agaçait. C'était pour elle indécent. Isabelle la pria, plutôt que de hausser les épaules, d'abandonner son filage de laine et de dresser la table pour quatre personnes. Jeanne objecta qu'elle ne disposerait que trois couverts, elle ne dînait pas avec eux. Quel que fût l'invité, ce soir elle n'avait pas le cœur à écouter et encore moins à parler. Elle ne « sentait pas le truc », affirma-t-elle.

À cet instant, Jacques revenait du cellier, portant un tonnelet ; il surprit le propos de Jeanne. Il leva la main sur elle. Tout père soucieux de son éducation frappait une sale gamine indocile. Il ne s'y était jamais résolu, il avait été un papa trop faible, mais ça allait changer. Si elle n'assistait pas à ce dîner, elle prendrait une volée dont elle se souviendrait toute sa vie. C'était le fils du métayer du baron de Coussey qu'ils recevaient. Et c'était grâce à leur bois qu'ils se chauffaient chaque hiver. On lui devait un minimum de gratitude. Des gens charmants, qui ne lui faisaient payer le stère qu'à moitié prix, moyennant quoi Jacques les fournissait gratuitement en légumes. Ces personnes fort bien élevées savaient parfaitement que les d'Arc avaient une fille, son absence leur apparaîtrait comme une dérobade d'une inacceptable grossièreté.

Non résolu à la frapper, Jacques baissa sa main. Il se fit suppliant. Pourquoi s'évertuait-elle à toujours le peiner, à le contredire? Était-il méchant? Lui avait-il un jour causé un chagrin impardonnable? Était-il un père indigne? Bon sang, qu'elle le dise une fois pour toutes! Touchée par ce ton implorant, Jeanne daigna accepter. Elle serait présente ce soir. Vrai ou faux, elle prétendit qu'elle avait cru que c'était l'insupportable Joaquin Droiteval qu'ils recevaient.

Isabelle câlina sa fille, elle la félicita pour sa compréhension, phénomène si rare qu'elle l'appréciait d'autant mieux. Puisqu'elle avait fait allusion à ce dîner catastrophique avec Joaquin Droiteval, elle la priait de n'émettre aucune opinion politique au cours du dîner. Son père y avait perdu un ami, ce soir on ne pouvait se permettre de perdre une relation commerciale. Jeanne promit que si le moindre sujet politique venait sur le tapis, elle demeurerait muette. Isabelle amorça le geste de lui caresser les cheveux, Jeanne la repoussa du coude.

On appelait à l'extérieur. Isabelle et Jacques se précipitèrent. Une charrette débordante de stères de bois patientait. Deux gaillards la conduisaient. Près d'eux se tenait Conrad Maurimont, droit sur son cheval blanc et tel une statue équestre. Ce jeune garçon avait tout de l'aristocrate, bien qu'il ne le fût pas. Un port de tête altier, presque hautain, un corps sculpté par un artiste grec ou romain. Et puis ce regard… un regard d'une couleur rare, peut-être bien pareille à du myosotis. Vous fixant, il créait un malaise, comme si un ange scrutait votre âme.

Lorsque les hommes eurent fini de monter les stères derrière la maison, Conrad Maurimont souhaita une bonne soirée à Isabelle et Jacques. Quant aux légumes, il viendrait les choisir au prochain marché. Il se dirigea alors vers la charrette pour s'en retourner à Coussey. Jacques le retint. Il serait très chagriné qu'il ne restât point dîner. Conrad se montra sensible à l'invitation, mais n'osait l'accepter. Il ne voulait pas déranger en s'imposant. Étrangement, d'une façon tout à fait inattendue, ce garçon à la beauté intimidante se montrait timide lui-même. Isabelle sut l'appâter. Elle lui avait cuisiné une de ses quiches que tous qualifiaient d'inoubliables, et son mari, spécialement pour lui, avait mis en perce un tonnelet de côtes-de-toul gris. Jacques renchérit en précisant qu'il s'agissait d'une merveille aux saveurs de petits fruits rouges, soutenues par une finale de griotte. C'eût été un péché que de passer à côté. Conrad rosit en acceptant l'invitation. Il les remercia, s'emberlificotant dans l'expression emphatique de son contentement.

Ils entrèrent dans la maison. Alors qu'Isabelle les présentait l'un à l'autre, Jeanne et Conrad se saluèrent d'un rapide coup de tête. Jacques dissimula sa satisfaction en observant sa fille du coin de l'œil : elle arborait une expression quasi inconnue, elle souriait. Plus extravagant encore, toute en gracieusetés, elle proposa que l'on fît honneur au côtes-de-toul gris de son petit papa avant de passer à table. Elle alla jusqu'à se rendre au placard où l'on rangeait les bretzels, elle les disposa sur un plateau, vint les offrir. Du jamais vu. Isabelle pinça le bras de Jacques, ils se sourirent.

Isabelle s'enquit de l'état de la cheville du père de Conrad. Se fouler une articulation en descendant de cheval, c'était un accident stupide.

– Je ne connais pas d'accident intelligent, répondit-il en plaisantant.

Jeanne éclata de rire. Ce son qui n'avait presque jamais retenti dans la maison mit du baume au cœur de ses parents. Au fil du dîner, Conrad se montra disert en dépit de sa timidité. On le sentait heureux de s'exprimer, pensa Jeanne. Peut-être avait-il rarement l'occasion de le faire lui aussi. Il leur apprit les mille tâches qui incombaient aux métayers du château de Coussey. Dans ses rares moments de loisir, il aimait à se rendre seul sur les berges de la Meuse. Là, il lisait. Il dévorait plus particulièrement Chrétien de Troyes. *Lancelot ou le Chevalier de la charrette* ne cessait de l'émerveiller, il le reprenait souvent. Quelle tristesse que le noble esprit de chevalerie fût tombé en désuétude. Il y avait presque trois siècles, en ces temps lointains, grâce à l'influence d'Aliénor d'Aquitaine, on plaçait la femme sur un piédestal. Qu'en était-il aujourd'hui ? Une unique femme était considérée comme sacrée, la Sainte Vierge. Quant aux autres, mieux valait ne pas en parler. Conrad détestait leur époque, violente et irrespectueuse de la personne.

Bouche bée, Jeanne buvait ses paroles. Quant aux parents, ils se tenaient cois. Pour ces laboureurs, un homme qui lisait méritait que l'on se taise et qu'on l'écoute.

Un ange passa. Conrad semblait méditer ses propres paroles. Jeanne en profita pour apporter la tarte aux mirabelles. C'est alors que Conrad sortit de sa réflexion.

– Tous ces Français, Armagnacs et Bourguignons qui s'entretuent, vous en pensez quoi ?

Les d'Arc se figèrent. Jeanne surprit le regard anxieux de ses parents qui la fixaient, retenant leur souffle. Elle leur sourit avant de répondre :

– Seul le Bon Dieu saura séparer l'ivraie d'avec le bon grain.

Elle répétait là une des réponses échappatoires que l'abbé Séroux aimait faire, mais personne n'avait à le savoir. Enfin rassurés, Isabelle et Jacques adressèrent un sourire entendu à Jeanne, tandis que Conrad Maurimont la complimentait.

– Mademoiselle, vous pensez admirablement bien, pour une fille.

Ce compliment était-il recevable, venant d'un garçon qui s'était longuement appesanti sur le fameux amour courtois, cet hymne à la femme ? Pas sûr, mais pas grave. Le dîner s'était déroulé sans heurt, l'important était là.

12

On foulait le raisin à Coussey. Sur la place, une estrade avait été dressée, on y avait aligné trois foudres de chêne ouverts dans lesquels les vendangeurs venaient verser leurs comportes. Les gamins du village piétinaient en s'en donnant à cœur joie. Quoi de plus amusant que de patauger dans le jus de raisin ? Le soin minutieux porté à la vigne pendant une année trouvait aujourd'hui sa récompense. On avait fait venir des joueurs de vielle des environs. Les belles endimanchées formaient des rondes, elles incitaient les garçons à s'y insérer.

C'est dans ce joyeux charivari que Jacques arriva. Prudent, car serré dans la foule, il avait pris le soin de dissimuler sa bourse en la coinçant avec sa ceinture à l'intérieur de ses hauts-de-chausses. Il venait régler son bois à Conrad Maurimont. En accord avec Isabelle, c'est à dessein qu'il ne l'avait pas fait à l'issue de leur dîner. Il voulait lui parler « entre hommes », hors la présence de Jeanne.

Il le trouva surveillant le bon déroulement du foulage. Il donnait des directives aux vendangeurs quant à la répartition des grappes dans les tonneaux selon les parcelles d'où le raisin provenait. Apercevant Jacques, il s'exclama que celui-ci n'aurait jamais dû se déplacer, il était trop aimable. Il pouvait bien attendre quatre jours, le matin du marché, où il viendrait choisir ses légumes à Domrémy…

Jacques lui remit la bourse qui contenait son dû, puis prononça le mensonge qu'ils avaient répété, Isabelle et lui.

– Vous, alors, on peut dire que vous ne nous quittez jamais.

– C'est-à-dire ? questionna le jeune homme intrigué.

– Depuis notre dîner, ma femme et moi n'entendons que votre prénom. Nous en avons les oreilles rebattues. Conrad par-ci, Conrad par-là. « Quand l'invitez-vous à nouveau ? » À la longue, ça deviendrait presque assommant.

Il rougit. Il ne savait trop que répondre. Jacques perçut le moment d'enfoncer le clou.

– Lassé, je lui ai demandé de cesser de me parler de vous. Je lui ai dit que vous veniez au marché samedi. Si elle a quelque chose à vous dire, qu'elle le fasse elle-même.

Un tombereau plein à ras bord arrivait des vignes du baron de Coussey. Ils durent se quitter.

Sur le chemin de la maison, un grain surprit Jacques. Arrivant chez lui, il observa que les poulaines de Jeanne séchaient près de l'âtre. Elle se tenait donc au premier étage, d'où elle avait coutume d'écouter toutes les conversations sans jamais y participer. Désignant le plafond de l'index, Isabelle lui confirma sa déduction : elle se tenait effectivement là-haut. Isabelle parla à son mari d'une voix plus forte qu'à son habitude. Il lui répondit de même.

– Ça s'est bien passé avec Conrad Maurimont ?

– Oui, il a pris l'argent que je lui devais. Mais il m'a cassé les oreilles avec Jeanne. « Comment va-t-elle ? Que fait-elle ? Surtout, n'oubliez pas de lui transmettre mon meilleur souvenir. » Et patati, et patata, j'ai cru que je n'allais jamais m'en décoller. Je m'en suis tiré en lui disant que s'il souhaitait lui parler, elle serait au marché samedi.

– Elle n'y va jamais.

– Eh ben tant pis !

Arriva le samedi. Aux premières heures du jour, Isabelle et Jacques se rendirent au potager. Ils arrachèrent plusieurs variétés de fruits et légumes, en emplirent une carriole, tandis que le gentil Ruban patientait. Contre toute attente, Jeanne vint les rejoindre. Elle éprouvait le besoin d'aider. En aparté, Jacques fit observer à Isabelle que leur coq pouvait bien s'époumoner, jamais au grand jamais elle ne s'était levée aussi tôt « en fin de semaine » (Jacques d'Arc se refusait à utiliser l'expression anglaise à la mode).

Non contente d'aider à la cueillette des légumes, elle tenait aussi à venir au marché, à contribuer à l'installation des étals, ainsi qu'à la vente. Elle n'aspirait qu'à se rendre utile, ils se donnaient assez de mal pour qu'elle ne reste pas à paresser au lit… Père et mère dirent combien ils appréciaient ce revirement.

Ils se rendirent donc sur la place du marché, à l'autre extrémité de Domrémy. Chalandes et chalands ne tardèrent pas à affluer. Tout en négociant le prix de leurs récoltes, Isabelle et Jacques surveillaient du coin de l'œil le chemin qui menait à Coussey. C'est de là qu'il aurait dû venir. C'est de là qu'il vint.

Impossible de le manquer. Majestueux sur son cheval, il progressait au pas, fendant la foule qu'il dominait. Jeanne ne pouvait que l'avoir vu, mais, comme indifférente, elle poursuivait ses ventes à l'étal. Ainsi qu'Isabelle et Jacques en étaient convenus, ce dernier prétexta une vive douleur au dos, un mauvais geste en soulevant un cageot. Ils devaient rentrer une heure ou deux à la maison, le temps qu'Isabelle lui pose un linge chaud sur les reins. Après quelques pas, ils se dissimulèrent derrière la fontaine du village. Ils jubilèrent. Les deux se parlaient longuement. Très longuement.

Quelques jours passèrent, lorsqu'un soir, peu avant l'heure du dîner, Jeanne fit une demande tout à fait inhabituelle à sa mère : elle avait besoin d'un peigne. Ordinairement, elle se coiffait à la va-vite, à l'aide de ses doigts en crochets elle ordonnait ses cheveux au réveil, puis ils restaient comme ils le voulaient jusqu'au coucher. Trait de caractère rare pour une fille, son apparence et l'idée qu'autrui pouvait s'en faire ne la préoccupaient pas le moins du monde. Si jamais il lui arrivait de s'être accrochée à quelque aubépine ou églantier, il fallait qu'Isabelle la supplie pour qu'elle accepte de repriser son vêtement. Si par temps de pluie la boue avait maculé ses socques, il ne lui venait jamais à l'idée de les décrotter. Aux remontrances d'Isabelle, Jacques opposait la modération. C'était une ado, donc une souillon, vienne un galant et tout s'arrangerait comme par enchantement. On y était !

Alors qu'ils s'installaient pour le repas du soir, elle descendit de sa chambre, habillée comme jamais. Méconnaissable. Elle avait revêtu la ravissante robe de drap grenat qu'elle avait remisée dans un placard il y avait trois ans de cela. Elle ne l'avait portée qu'une seule fois, pour le baptême de sa filleule Pétronille.

Et, ce qu'ils n'avaient encore jamais vu, elle portait une coiffe de lin blanc brodée. Parure que l'on réservait aux grandes cérémonies. Elle leur bafouilla que son ami Macaire était toujours fiévreux et qu'elle se faisait un devoir d'aller lui préparer tisane et potage.

Dès qu'elle fut sortie, Isabelle souffla les bougies pour l'épier sans être vue, avec Jacques, dans l'entrebâillement d'un volet. Leur fille sortit Pompon de l'écurie, le sella, le monta, l'éperonna, fila à toute bride. Alors que Macaire habitait à moins de deux minutes à pied…

Leur dîner se passa à chercher le meilleur prénom pour leur petit-fils. Jacques trouvait qu'Edwin d'Arc sonnait bien. D'emblée, Isabelle rejeta l'idée ; selon elle, ça faisait affreusement germain. Elle proposa Calvin. Jacques lui éclata de rire au nez. L'abbé Séroux lui avait appris que Calvin venait du latin et signifiait « chauve », d'où « calvitie ». Ce qui était bien choisi pour un nourrisson ne l'était pas pour un adulte. Pourquoi pas John, tant qu'on y était ? John d'Arc, ça aurait fait collabo. Jacques se plia en deux de rire à sa propre vanne. Isabelle s'emporta, sa prétendue plaisanterie ne tenait pas la route, étant donné que le petit porterait le patronyme de son père, soit Maurimont ; et puis il la fatiguait, dès qu'il pouvait étaler sa science et la ridiculiser il sautait sur l'occasion. Puisque c'était comme ça, elle cessait de chercher, qu'il aille donc demander un prénom sympa à son abbé Séroux.

La taverne Chez la Rousse n'avait plus l'apparence d'une salle de réunion, elle avait repris celle habituelle d'un *pub* (mot interdit). Y dînaient trois locaux, ainsi que cinq voyageurs qui parlaient fort en roulant les « r ».

Quand Jeanne entra en compagnie de Conrad, le patron l'embrassa en lui glissant à l'oreille qu'ils feraient mieux de ne pas parler politique ce soir, les cinq cavaliers inconnus venaient de Dijon et se rendaient loin vers le nord, dans le Brabant. Un itinéraire qui sentait le Bourguignon à plein nez. Il leur avait loué des chambres à regret.

Dès l'entrée du repas, alors qu'on leur servait de somptueuses charcuteries, Conrad indisposa Jeanne. Il trouvait un rien choquant qu'une jeune fille soit connue dans une taverne au point qu'elle se laissât embrasser par le patron. Sans connaître la nature de leur relation, il se sentait quelque peu embarrassé de se trouver là avec elle. La taverne Chez la Rousse avait certes changé d'activité, mais sa réputation disons sulfureuse demeurait. Jeanne lui répondit que s'il se sentait mal à l'aise en sa compagnie, mieux valait qu'ils s'en aillent. Elle n'avait rien contre. Un long silence s'établit, au bout duquel il lui posa une question :

– J'ai ouï dire qu'on vous surnommait « la Pucelle », pourquoi ?

– À votre avis ?

Conrad piqua un fard. Jeanne lui avoua que ce sobriquet lui était insupportable. Il s'agissait d'une inacceptable intrusion dans sa vie intime. Mais le pli était pris, elle se trouvait contrainte de s'en moquer. Et lui, était-il puceau ? L'embarras de Conrad, son incapacité à répondre la fit éclater de rire. Il existait vraiment deux poids, deux mesures dans les rapports hommes/femmes. Malheureusement, la remise à niveau ne semblait pas pour demain. Elle demanda l'addition et régla sans que Conrad eût le temps de dire « ouf ». Il avoua n'avoir jamais subi une si grande humiliation. Avant de se quitter, elle avait besoin d'un éclaircissement.

– Dans quel but avez-vous parlé de moi à mon père en des termes dithyrambiques, alors que vous ne me connaissiez pas ?

Conrad resta sidéré. Il n'avait jamais parlé d'elle à son père.

Les parents se montraient leur affection et bien au-delà lorsque Jeanne revint. Ils ne s'imaginaient pas la revoir si vite. Hors d'elle-même, elle entra sans frapper.

– Après la magouille du couvent de Toul, vous me mettez dans les pattes de ce crétin. C'est raté ! C'est pas encore ce coup-là que vous vous débarrasserez de moi. Ne vous occupez surtout plus de ma petite personne. Je saurai bien trouver mon chemin toute seule.

Ils n'eurent pas le temps de la questionner. Elle claqua la porte de sa chambre.

Dès le lendemain matin de bonne heure, une carriole vint s'arrêter devant la maison des d'Arc. Soutenu par le valet qui la conduisait, en descendit le père de Conrad, en la personne d'Adelin Maurimont. La cheville bandée, il claudiquait. Jacques vint à son devant pour lui donner le bras. D'un geste, celui-ci écarta l'offre.

– Je n'ai pas besoin de votre aide, d'Arc. Pour qui se prend votre bergère de rien du tout, à congédier mon fils comme un laquais ? Désormais, votre bois à prix amical, vous irez le chercher ailleurs.

Il planta là Jacques. Il n'attendait aucune réponse.

13

Un ciel de zinc reposait avec lourdeur sur le faîte des collines. Novembre était là et bien là. Depuis le matin, la bruine brouillassait sans discontinuer, on aurait pu imaginer qu'il bruinerait pour toujours. Les heures grises s'étiraient. Il durait un mois, ce jour de Toussaint. L'agonie de l'automne endeuillait l'âme de Jeanne. La noirceur de ses pensées l'apeurait. Pour tenter de se fuir, elle marchait en sous-bois.

Elle gravissait les flancs du Bois-Chenu. Rendu lointain par la brume, le son cotonneux de la cloche de l'église Saint-Rémy montait de la vallée. On y célébrait la messe des morts. Elle la manquerait, pour une fois. Ses parents y assistaient. Une violente dispute l'avait séparée d'eux. Elle avait traité sa mère d'imbécile. Son père l'avait giflée pour la première fois de sa vie. L'œil sec, muette, elle l'avait toisé, après quoi, pour pleurer sans témoin, elle avait filé en forêt.

Elle avait tenté de leur faire croire que ce soir elle ne dînerait pas avec eux car Macaire Burey fêtait ses vingt-deux ans. Les parents avaient ricané, ils savaient fort bien qu'elle se rendait à une réunion politique à la taverne Chez la Rousse. Qu'ils n'avalent pas son mensonge l'avait agacée. Elle s'était sentie déchoir au rang de gamine, alors que ses soucis étaient ceux d'une adulte précoce. Hors d'elle-même, elle leur avait assené que ceux qui ne se préoccupaient pas de ce qui adviendrait du royaume de France faisaient l'autruche comme des imbéciles. Et sa mère en était le plus représentatif des échantillons. La main de Jacques était partie.

Un imposant buisson de houx offrait l'unique tache verte dans cette forêt en sommeil. À droite, les hêtres dressaient leurs squelettes noirs sur un tapis aux nuances feuille morte. À gauche, en contrebas, s'étendait une chênaie. De sa profondeur parvenaient à l'oreille de Jeanne les voix pointues de gamins du village. C'était la saison de la glandée. Ils gaulaient les glands qui nourriraient les cochons. Jeanne sourit, elle se revit petite, chargée de cette importante mission. Fière, elle l'exécutait avec application, en compagnie de Mathilde Hardt. Heureux temps.

Il jaillit de derrière le buisson de houx. Se reculottant. Il ramassa son épée, coiffa son casque. La découvrant, il pressa le pas vers elle. Elle détala. Glissa sur des feuilles mortes. Son front heurta le sol. Elle resta une seconde estourbie. Il s'agenouilla à son côté. Souriant, il lui tendit la main. Elle ne la saisit pas, se releva tremblante, décidée à reprendre sa course. Sa frayeur le fit rire. Il lui adressa trois ou quatre mots en anglais. Il s'éloigna, descendit le sentier, disparut.

Était-ce ça, un ennemi ? Bien qu'anglais, il l'avait gratifiée d'un vrai sourire d'être humain, de père même, il devait bien avoir la cinquantaine. Était-ce des hommes comme celui-là qu'il fallait passer au fil de l'épée ? Comment Dieu, qui commandait l'univers, depuis la luciole jusqu'à l'étoile, pouvait-il abandonner les humains à leur déraison ? Elle s'agenouilla sur les feuilles mortes détrempées. Elle implora le Créateur qu'il fasse que les Anglais abandonnent le siège d'Orléans sans coup férir.

En dépit de l'interdiction de ses parents, ce soir elle irait comme prévu à la taverne Chez la Rousse. Elle pourrait ainsi s'enquérir de la situation à Orléans. Colet de Vienne avait été missionné là-bas. Il devait en revenir aujourd'hui. Auparavant, elle passerait voir ses parents pour leur demander pardon, après quoi elle rendrait visite à l'abbé Séroux. Une question la turlupinait : sur quels critères Dieu choisissait-il le vainqueur des batailles ?

Les fidèles de la messe des morts avaient déserté l'église Saint-Rémy. La porte de la sacristie demeurait grande ouverte. Jeanne surprit l'abbé Séroux de dos, la tête presque enfoncée dans un placard. Elle toussota pour signaler sa présence. Le prêtre sursauta. S'ensuivit le fracas d'une carafe qui se brisait sur le sol.

– Nom de Dieu ! jura l'abbé.

Du carrelage s'exhala une délicieuse odeur d'alcool de mirabelle. L'abbé Séroux, d'ordinaire pâlot, se retourna, il était écarlate. Jeanne, qui lui connaissait une voix doucereuse d'ecclésiastique, fut désagréablement surprise par son ton pète-sec :

– C'est permis d'être tranquille ou pas ? s'écria-t-il.

Voyant qu'elle allait tourner les talons, il se radoucit.

– Peux-tu prendre la serpillière, la pelle et la balayette dans le grand meuble ? Tu me voulais quoi ?

– Pourquoi Dieu fait toujours gagner les Anglais ?

– J'y pense et je t'en reparle.

Jeanne s'accroupit pour l'aider à regrouper les morceaux de verre, puis revint à la charge.

– Crécy, Harfleur, Azincourt, Verneuil, Sully et j'en passe, Dieu nous détesterait-il ?

– Ah ça… avec Lui, va savoir. Attention où tu marches. Ne te coupe pas.

– Je vais prier pour qu'ils partent d'Orléans sans verser le sang. Est-ce que vous seriez assez gentil pour prier de votre côté ? Une prière de prêtre, ça ne pourrait que renforcer la mienne.

– Je vais faire le maximum, mais je ne te promets rien.

À la taverne Chez la Rousse, on se serrait. On avait empilé les chaises et réservé une table en guise d'estrade. Colet de Vienne n'arrivait pas. L'anxiété générale était palpable, on se questionnait les uns les autres, les hypothèses allaient bon train, la salle bourdonnait. En entrant, Jeanne embrassa le forgeron Heckart Hardt, puis sa copine Mathilde ainsi que Macaire Burey. Elle leur fit part de son inquiétude. Si jamais il arrivait quelque chose à Colet de Vienne, ils n'auraient plus aucune nouvelle du siège d'Orléans. Anglais et Bourguignons leur tomberaient dessus sans qu'ils aient préparé la moindre défense. Les trois la rassurèrent quelque peu. Pour revenir à Domrémy depuis Orléans, il y avait bien quatre-vingt-dix lieues à parcourir, on devait compter dix jours de cheval en temps normal. Or on était en guerre. Les chemins étaient infestés d'Anglais et de Bourguignons. Un messager devait souvent se cacher avant de poursuivre sa route ou parfois même se détourner.

Heckart Hardt profita du temps d'attente pour monter sur la table. Après avoir frappé de ses mains pour obtenir le silence, il demanda combien d'hommes voulaient lui acheter une épée. Chaque homme sensé devait avoir de quoi se défendre à la maison. Plusieurs mains se levèrent. Mathilde fit le compte et releva le nom des garçons qui voulaient s'armer préventivement.

Enfin, Colet de Vienne entra. On poussa un « ouf ». On l'applaudit. Il souriait, mais il boitait. On l'aida à monter sur la table. Un carreau d'arbalète lui avait arraché un peu de viande à l'extérieur de la cuisse. Au château de Vaucouleurs, lorsqu'il avait fait son rapport au capitaine de Baudricourt, on lui avait posé un emplâtre de beurre et de lard. Les Rouquins l'avaient intercepté à mi-chemin, aux abords de Troyes. Il ne devait la vie sauve qu'à la vélocité de son cheval. D'emblée, il tint à rassurer l'assistance.

– Mes amis, ce soir j'ai de bonnes nouvelles.

– C'est pas trop tôt, mon joli ! cria Brunehaut-la-boulotte.

La salle à présent détendue partit d'un grand rire. Cette ancienne ribaude, on l'adorait. Elle avait jadis vendu son corps ; grand-mère à présent, elle dispensait gratuitement sa bonne humeur en tant que serveuse. Originaire de Guyenne, son accent ensoleillait chacune de ses paroles. Les rires s'éteignant, Colet de Vienne poursuivit.

– J'ai eu de longs entretiens avec Raoul de Gaucourt, le gouverneur d'Orléans. Il m'a appris que ça allait très mal chez les Rouquins. Ils prévoyaient un mois pour faire tomber la ville, on en est déjà à cinq. Leurs troupes stagnent, ils ont le moral à zéro.

Heckart Hardt leva la main.

– Ils sont quand même plus nombreux que nous, à ce qu'on dit.

– Pas du tout ! Il y a trente mille hommes derrière les remparts d'Orléans et les Anglais ne sont que cinq mille. Pour qu'ils réussissent leur assaut, il faudrait qu'ils soient le triple. Et comme ils ne sont pas payés, ils connaissent des tas de désertions.

Macaire Burey lui coupa la parole.

– Comment ça se fait qu'ils ne sont pas payés ? Les Rouquins nous ont pillés tant et plus, à Paris et dans tout le nord de la France, pourquoi seraient-ils à sec maintenant ?

– Ça va très mal en Angleterre. Leur roi Henri VI est un gamin de sept ans. Son tonton, le régent Jean de Lancastre, fait face à d'énormes rébellions chez ses nobles et ses paysans. Il doit gérer trois lieux à la fois, son île, le nord de la France et la Guyenne. C'est pour ça qu'il a les poches vides.

Le forgeron Heckart Hardt s'adressa à la salle à son tour.

– Il faut quand même savoir que nous avons la meilleure artillerie pour nous défendre. Des bombardes *up to date*, comme ils disent, et puis je ne parle pas des couleuvrines et des arquebuses. Nous avons de quoi leur en mettre plein la gueule.

C'était de bon augure, la salle applaudit. Colet de Vienne reprit en renchérissant sur les applaudissements :

– Et, autre bonne nouvelle, je dois vous apprendre d'une part que des renforts écossais doivent nous arriver, ils sont en chemin. D'autre part, les Rouquins n'ont pas assez de troupes pour encercler toute la ville, tout l'est d'Orléans se trouve dégarni. Autant dire que les Orléanais ne sont pas près de mourir de faim.

On applaudit à tout rompre. Puis on aida Colet de Vienne à descendre de l'estrade. Sa cuisse lui faisait mal, il voulait rentrer dormir. Brunehaut-la-boulotte le remplaça sur scène.

– Mes chers petits amis, ce soir la bière va couler à discrétion, c'est offert par la taverne Chez la Rousse.

Brunehaut reçut une ovation. Jeanne se signa pour rendre grâce au Ciel. Le siège d'Orléans n'aurait pas lieu. Elle se garda d'en faire part à ses amis, mais elle acquit la certitude que, pour une fois, ses prières avaient été entendues. Ainsi, les Anglais désargentés allaient abandonner la partie et rentrer chez eux. De telle sorte qu'il n'y aurait pas de sang versé. Pour être exaucée aussi rapidement, elle était à peu près sûre que l'abbé Séroux avait prié de son côté. Elle voyait juste. On a toujours plus de chances de voir ses prières aboutir lorsqu'un prêtre les appuie. Elle n'oublierait pas de passer lui annoncer les bonnes nouvelles et le remercier d'y avoir contribué. Elle n'avait jamais bu de bière, ce soir elle allait essayer, pour voir.

Trois heures au clocher. Jeanne ne rentrait pas. Sang d'encre chez les d'Arc. Isabelle se lamentait. À coup sûr leur petite Jeanne avait été coincée sur le chemin de Neufchâteau par des déserteurs. Ils avaient tenté de lui faire subir les derniers outrages. Pure comme elle était, elle s'était débattue. Ils l'avaient égorgée comme la femme d'Heckart le forgeron. Elle ne pourrait jamais pardonner à Jacques de l'avoir laissée se rendre de nuit à cette réunion politique. Mort d'inquiétude, Jacques ne savait que dire. Il le dit quand même.

– Tu vois toujours le pire, répliqua Isabelle.

– Il arrive plus souvent que le meilleur.

Le heurtoir résonna à leur huis. C'étaient Colet de Vienne et Macaire Burey qui soutenaient Jeanne, incapable de tenir debout, encore moins de monter à cheval. Ils avaient rentré Pompon à l'écurie. Elle chantait à tue-tête :

Tonton Léon
C'est le couillon
Qui a coincé
Ses deux roustons
Au portillon
D'la sœur Suson.

Les d'Arc prirent livraison de leur fille et la couchèrent. Isabelle, rassurée autant que honteuse, pesta contre Jacques.

– Ses réunions politiques, voilà ce que ça donne. Il va quand même falloir que tu te creuses un peu la tête pour l'éloigner de Domrémy, mon petit bonhomme.

14

Le lendemain matin, Isabelle et Jacques montèrent dans la chambre de Jeanne. Elle dormait à poings fermés. Jacques lui avait secoué le bras, qui était retombé tout mou. Rien à faire, mademoiselle cuvait. Isabelle profita de sa léthargie pour l'embrasser sans que cela provoque une réaction hostile. Midi allait bientôt sonner, les moutons auraient dû être sortis depuis bien longtemps et Jacques, d'habitude à cheval sur les horaires, s'en moquait. Lui, père de famille ayant élevé ses cinq enfants chrétiennement, il avait attendu toutes ces années pour découvrir sa fille de seize ans rentrant saoule d'un bordel au milieu de la nuit ! Isabelle sentit qu'il en avait gros sur la patate. Elle le câlina.

– Ce qu'il faut se dire, mon Jacques, c'est qu'au moins elle n'a pas été attaquée. Et puis, ce n'est pas une écervelée, elle avait ses deux amis pour la protéger.

Jacques haussa les épaules en grondant.

– Ce sont deux gredins. Ils l'intoxiquent à la bière et à la politique. Moi, je te le dis, ça va mal finir.

– Aujourd'hui c'est toi qui noircis, Jacques.

– Pas du tout. Ces deux zozos, je vais leur interdire de voir ma fille.

– Je ne veux pas être méchante, mais ton autorité… Tu lui avais interdit d'aller à la taverne Chez la Rousse, le résultat est là, elle est revenue défoncée et elle gît dans un coma éthylique.

Exaspéré, n'en pouvant plus, Jacques se mit à hurler :

– MAIS QU'EST-CE QU'IL FAUT FAIRE ? Applaudir si elle se fait violer la nuit sur les chemins ? L'héberger avec un bébé anglais dans le ventre ? L'encourager à flanquer par terre la réputation des d'Arc ? Dire bravo à son dauphin Charles et nous faire décapiter par les Anglais ou les Bourguignons si jamais ils gagnent ?

Jacques avait crié si fort qu'il avait réveillé Jeanne. Elle se garda bien de le leur signaler. Elle les écouta quitter sa chambre et descendre l'escalier. Elle avait besoin de réfléchir un moment, les abrutis de moutons ne mourraient pas de rester dans la bergerie.

« Mais qu'est-ce qu'il faut faire ? » avait hurlé son père. Ce qu'il fallait faire, elle ne le savait ni pour eux ni pour elle. Les affaires du royaume de France la préoccupaient au plus haut point, il lui était impossible de s'en détacher. Si ses parents voulaient s'en désintéresser, c'était leur affaire. Ils avaient fait leur vie, qu'ils laissent les jeunes faire la leur.

Cela dit, elle se mit à leur place. Ça ne devait pas être rigolo d'être le papa et la maman de Jeanne d'Arc. Pour eux qui plus que tout voulaient passer inaperçus, elle n'était pas la fille idéale. Le village l'avait soupçonnée d'horreurs avec Mathilde. On lui avait collé une réputation de violente qui s'était répandue jusque chez les dominicaines à Toul. Elle avait provoqué la rupture avec le plus gros acheteur de laine de son père, en brisant deux dents à son fils Tancrède à la main baladeuse. Elle l'avait aussi fâché avec son meilleur ami, Joaquin Droiteval, en lui jetant à la tête qu'il avait des vues politiques de crétin. Sans oublier que, par sa faute, son fournisseur de bois ne voulait plus l'approvisionner parce qu'elle avait éconduit son fils Conrad, un bellâtre macho aussi beau que con. Ça faisait beaucoup. Qui d'autre que son papa aurait supporté tout ça ?

Ne pouvant changer ni son caractère impulsif ni sa redoutable franchise, pas plus que son dégoût des hommes libidineux, elle devait trouver une solution pour soulager ses malheureux parents. Quitter le foyer familial, bien sûr, mais comment ? Macaire Burey, elle l'adorait comme ami, mais rien de plus, quoique... Quant à Colet de Vienne, il avait fort à faire avec son métier de messager, il était hors de question qu'il s'encombre d'une femme.

Toutefois, après avoir désespéré, une hypothèse lui vint à l'esprit : pourquoi pas Gismond Imbsheim ? Elle l'avait oublié, celui-là. Il tenait la plus grosse boucherie de Nancy. Son père lui vendait la majeure partie de ses moutons. Un jour, au marché, il s'était plaint d'être débordé, de n'avoir personne pour le seconder. Il avait demandé à son père s'il connaissait quelqu'un. Ils avaient plaisanté en évoquant le nom de sa fille. Jacques savait fort bien que sa sauvageonne refuserait, vivre en ville ne lui correspondait pas du tout. Mais pourquoi pas, en fin de compte ? À Nancy, plus de moutons, la vie devait y être animée, s'y tenaient des foires où se croisaient des gens de toute la Lorraine, et même de bien au-delà. C'était à une journée de cheval, elle pourrait revenir voir parents et amis. Et puis elle serait payée, et puis qui sait... peut-être... un jour... elle plairait enfin à un homme comme il faut, vertueux. Ils auraient un petit garçon. Pour ses parents, le chagrin de la savoir loin serait compensé par l'existence de ce petit-fils dont ils rêvaient tant. Oui, pour eux, juste pour eux, ça valait la peine de s'exiler à Nancy dans la boucherie de Gismond Imbsheim. Elle se sacrifierait quelque peu en partant, mais ils le méritaient, les pauvres.

Quatre jours plus tard arriva le premier mardi du mois. Au marché, place de la fontaine, on ne vendait pas de fruits et légumes, ce jour était réservé aux bestiaux. Jacques et Isabelle s'y rendirent avec une quinzaine de moutons. Pour une fois, Jeanne demanda à les accompagner. Isabelle, à l'écart de sa fille, fit remarquer à son mari que leur enfant avait un comportement bizarre ; elle avait revêtu la jolie robe grenat qu'elle n'avait jamais portée, sauf pour le baptême de sa filleule et pour son dîner catastrophique avec le fils Maurimont. Et, fait rarissime, elle avait ordonné et brossé ses cheveux. En guise de réponse, Jacques appuya son index sur sa tempe et mima le geste de visser quelque chose.

Gismond Imbsheim parut sur le marché. Hautain et lointain, il répondait distraitement aux chapeaux qui se baissaient. Les gens s'écartaient au passage de sa carriole tirée par deux chevaux, un bai et un noir. Si on s'inclinait face à lui comme au passage d'un seigneur, c'était que sa fortune lui tenait lieu de noblesse. Il aurait pu acheter tout le marché, s'il l'avait désiré. Sa grande taille et son embonpoint de quinquagénaire qui a réussi lui donnaient l'ascendant sur tous les braves gens, y compris les parents de Jeanne. Il leur acheta dix moutons sans marchander comme à son habitude. Ses deux assistants firent grimper les bêtes dans la bétaillère qui l'accompagnait. Il régla rubis sur l'ongle. Isabelle et Jacques, tout en courbettes, le remercièrent avec excès, comme s'il leur faisait un don. Bien qu'agacée par le comportement servile de ses parents, Jeanne lui décocha son plus beau sourire.

– Si vous n'avez toujours pas trouvé quelqu'un pour vous seconder, sachez que je suis libre, monsieur Imbsheim.

– Appelle-moi Gismond, ma petite, dit-il en jouant à l'homme simple.

Isabelle et Jacques restèrent interloqués. À cet instant, ils comprirent la raison de la belle robe grenat et des cheveux parfaitement brossés. Mais pourquoi ne leur en avait-elle pas parlé avant ? Quelle mouche l'avait piquée ? Si l'offre arrivait d'une façon abrupte, se dit Jacques, elle n'en était pas pour autant dépourvue d'avantages. Puisque Macaire Burey lui avait appris qu'elle se mourait d'ennui à garder ses moutons, pourquoi l'y contraindre ? Et puis, à Nancy, elle serait occupée. Loin de ses mauvaises fréquentations, son intérêt pour la politique se dissiperait.

Gismond Imbsheim accueillit la proposition avec enthousiasme. Une jeune fille aussi gracieuse et bien élevée, c'était exactement ce qu'il recherchait pour son échoppe. Il avait déjà reçu une bonne dizaine de candidates, Jeanne correspondait exactement à ce qu'il voulait. Que les parents ne s'inquiètent surtout pas, il la dorloterait comme sa propre fille. Sa grande Renaude s'était mariée et était partie à Reims, sa malheureuse épouse avait été emportée par les fièvres. Une présence féminine aussi délicate que Jeanne redonnerait vie à son foyer éteint. L'embauche fut conclue.

Isabelle fondit en larmes. Certes, avec Jeanne, c'était plus souvent l'orage que le beau ciel bleu, mais c'était son petit oiseau qui quittait le nid. Elle ne mettrait plus jamais les pieds dans sa chambre vide, ce serait comme si elle était morte. Nancy, à quinze lieues, c'était le bout du monde. Gismond Imbsheim promit qu'il la ramènerait voir ses parents le premier mardi de chaque mois à l'occasion du marché. Jacques serra Isabelle dans ses bras ; il fallait se faire une raison, Dieu avait ainsi établi l'ordre des choses, élever une enfant c'était cultiver une plante pour qu'à maturité des étrangers en recueillent les fruits (l'image était de l'abbé Séroux). Peut-être bien, répondit Isabelle, mais elle n'avait pas le courage de l'aider à faire son baluchon et encore moins de regarder la carriole s'éloigner. Le moment venu, elle emmènerait paître les moutons. Dans la contemplation apaisante de la vallée, elle tenterait de se reprendre en main.

Après moult embrassades, recommandations et conseils, la carriole suivie de la bétaillère s'ébranla. Après tergiversations, Isabelle assista au départ, dans les bras de Jacques. Blottie contre lui, son émotion humectait l'épaule de son mari. Elle lui avoua gentiment que, veuve, elle aurait moins pleuré.

Cheminant vers le nord, Jeanne était gaie, Jeanne était triste. Joie de ne plus avoir de moutons à garder, chagrin de ne plus savoir ses parents auprès d'elle, vertige du passage à l'âge adulte. Gismond Imbsheim, guidant les deux chevaux, se tenait comme absent près d'elle, tandis qu'elle regardait défiler les berges de la Meuse. Maintenant qu'elle s'en éloignait, jamais elle ne les avait trouvées aussi harmonieuses. C'était le paysage de ses jeux d'enfant avec Mathilde, c'était le décor de ses interminables questions d'adolescente en éveil avec Macaire Burey.

Macaire Burey ! son petit savant roux. Dans sa précipitation, elle n'était pas passée l'embrasser. Il aurait trop de chagrin en apprenant son départ. Elle serait vue comme une horrible ingrate. Ce garçon à la culture réchauffante l'avait éveillée au monde, à ses beautés comme à ses turpitudes. Il lui avait offert ses connaissances, tant en politique qu'en histoire, avec une totale générosité. De sa vie, elle ne retrouverait jamais un Macaire Burey.

Une larme lui échappa. Elle devait se ressaisir. Elle reverrait son monde les jours de marché, son futur patron l'avait promis. Sa vie d'adulte commençait aujourd'hui et elle devait l'aborder avec ardeur. Finies, les méditations solitaires face à un troupeau, à présent elle échangerait avec des quantités de gens à l'échoppe. Avec un vrai métier, elle apprendrait encore et encore. Si elle quittait son petit monde, c'était pour entrer dans le grand.

Ils dépassèrent Greux. Le ciel s'assombrit. La forêt dénudée de novembre dégageait une glaciale humidité. Jeanne frissonna. Paternel, Gismond Imbsheim s'empara d'une couverture qu'il déposa sur les épaules de Jeanne. Reconnaissante, elle lui sourit. Il répondit à son sourire en lui posant une question qui la fit rougir.

– Ça ne te gêne pas qu'on t'appelle la Pucelle ?

– Si.

– Tu aimerais ne plus mériter ce sobriquet ?

Disant cela, il lâcha les rênes des chevaux, l'enserra, lui embrassa le sommet du crâne tout en glissant une main dans son décolleté et en lui pétrissant un sein.

Bonne élève des cours de Mathilde Hardt, le coude de Jeanne partit en pleine face de Gismond Imbsheim, lui brisant le nez. Il saignait abondamment et l'un de ses yeux ne put s'ouvrir tant il se trouvait scellé par des boursouflures couleur quetsche. Comme il levait le bras pour la taper, elle lui frappa la gorge du plat de la main. Manquant d'air, le visage en sang, il tomba de la carriole, sa tête heurta le sol. Il s'assomma.

Les deux valets qui suivaient dans la bétaillère accoururent au secours de leur maître. Ils trouvèrent une furie qui les menaçait d'une canne trouvée dans la carriole. S'ils approchaient, elle leur brisait les os. Elle exigeait qu'on lui donne l'un des deux chevaux de l'attelage de Gismond Imbsheim pour rentrer à Domrémy. Ils lui dételèrent le cheval bai. L'un des deux monta le noir pour la raccompagner et récupérer le cheval de Jeanne.

Pendant ce temps, les parents dînaient sans un mot, chacun trop malheureux pour adresser la parole à l'autre. Certes, Jeanne était dure à vivre, mais c'était quand même leur petite fille. La savoir si loin d'eux, à Nancy, toute seule dans ce monde hostile, les aurait presque fait pleurer. Il avait tout de même de bons côtés, leur petit garçon manqué. Sa grande droiture morale entre autres.

On frappa à la porte. D'abord ils prirent peur, puis ils tombèrent des nues en découvrant Jeanne accompagnée d'un valet de Gismond Imbsheim. Ses nerfs lâchaient, elle sanglotait, incapable de parler elle fila dans sa chambre sans explications. Ce fut le valet qui leur raconta en détail le bourrage de gueule de son patron. Il acheva son récit par une conclusion admirative :

– Votre gamine, ce sera quelqu'un, plus tard.

Effondrés, Isabelle et Jacques le laissèrent s'en retourner. Comme épuisé, Jacques lâcha à Isabelle, dans un souffle :

– Elle ne fera jamais rien dans la vie.

15

Ce matin-là, Jeanne se réveilla bien plus que chagrine. Pour mettre un nom sur cette disposition d'esprit, Macaire lui avait appris un mot qu'il tenait de prisonniers anglais en mal du pays : le *spleen*. Voilà, elle avait le *spleen*.

Au coucher, elle avait prié pour ne jamais se réveiller. Il n'en était rien, une fois de plus Dieu la décevait. L'abbé Séroux l'avait mise en garde : en cas de désespoir profond, ne jamais tenter d'infléchir le destin, Dieu n'accordait pas le paradis à ceux qui avaient attenté à leur vie. Mais qu'en savait-il, l'abbé Séroux ? Combien de suicidés avaient témoigné de leur décevante expérience ? Le paradis leur avait-il été interdit ? Fariboles ! N'était-ce pas l'un de ces mensonges que l'on racontait aux petits enfants pour leur inculquer la peur de commettre des bêtises ? Du genre : tirer la langue à quelqu'un, c'est risquer qu'elle tombe par terre. Parce que, tout de même, celui que l'on appelait le « Bon » Dieu ne pouvait à ce point manquer de compassion. Non seulement en n'intervenant pas il vous avait laissé mourir de chagrin, mais encore il vous claquerait la porte du bonheur éternel au nez. Enfin, bon, se dit-elle, c'était ainsi, il fallait malgré tout se lever et affronter une journée de plus. Tenir. Avec ou sans *spleen*.

Tenir, bien sûr, mais où en puiser la force, dans cette époque maudite ? Le peuple s'efforçait de survivre au milieu d'un amoncellement de calamités. La nature se faisait hostile et les hommes malfaisants. Les pluies incessantes ruinaient les récoltes. La famine sévissait ici et là. Les épidémies de lèpre et autres choléras décimaient les populations. À ces désastres se surajoutaient les horreurs dues à la cupidité des humains. Les déserteurs pillards contraignaient les petites gens à vivre comme des proies traquées. Leurs vols commis, ils brûlaient les maisons, violaient les femmes. Quant aux seigneurs, ceux-là les accablaient d'impôts et de servitudes. Les pires de tous étaient les souverains qui se hissaient vers leur gloire personnelle en empilant des cadavres.

Assez remâché, se dit Jeanne, il fallait se lever. Elle s'extirpa de ses peaux de mouton. Posant ses pieds sur le carrelage, ils se rétractèrent, elle poussa un petit cri, on eût dit qu'elle marchait sur la glace d'un étang gelé. Ouvrant grand sa croisée, s'engouffra une bise du nord qui mordait doigts et oreilles. La vallée de la Meuse avait été délavée de toute couleur heureuse. Où que l'on regardât ne subsistait que du blanc, ne subsistait que du noir, ne subsistait que du gris. Une Lorraine en deuil. Un pays en deuil. Oui, en deuil.

Les récits du messager Colet de Vienne arrachaient les larmes. À quatre-vingts lieues de là, à Orléans, le siège durait depuis cinq mois. Au cours de ce méchant décembre, il gelait à pierre fendre. La terre avait pris la dureté du granit. On ne pouvait même plus creuser leur tombe aux gamins morts, tant français qu'anglais. Et ce, au grand bonheur des corbeaux qui, sur les champs de neige, se régalaient de leurs jeunes yeux qui avaient si peu regardé. Après cinq mois d'apocalypse, Dieu ne se décidait toujours pas à faire gagner l'un ou l'autre camp.

Il semblait se complaire à laisser le carnage durer. Quel monde ! Que de misères ! Que de chagrins ! Le regard de Jeanne s'embua, elle adressa au Ciel une question qui ne comportait que trois mots : pourquoi tout ça ?

Le vacarme d'une cascade de bûches résonna au rez-de-chaussée. Les parents revenaient de l'appentis. Montèrent les soupirs du soufflet faisant claquer le bois vert. Jacques et Isabelle poursuivaient une conversation entreprise à l'extérieur. Jeanne se garda de se signaler. Elle écouta son père tempêter.

– Non, non et non ! Je ne veux pas la voir à ma table à Noël ! Je ne la supporte plus.

– Jacques, tu ne peux pas l'évincer de sa famille, quand même !

– Si ! Qu'elle aille fêter le nouvel an avec son Macaire Burey. Ensemble, ils referont le monde et l'année 1429 sera merveilleuse.

– Tu dis des bêtises.

– Me fâcher avec La Bresse, mon plus gros acheteur de laine, c'est des bêtises ? Me priver de mon ami Joaquin Droiteval, c'est des bêtises ?

– Il t'agaçait souvent, celui-là, murmura Isabelle d'un ton qu'elle voulait conciliant.

– Et mon fournisseur de bois à prix réduit, il m'agaçait ? Et mon boucher de Nancy qui m'achetait la majeure partie de mes moutons, il m'agaçait ?

– Des clients, ça se retrouve.

– Pas comme ceux-là. Si tu as des idées, à toi de jouer. Non contente d'apporter violence et fâcheries avec tout le monde, elle va nous précipiter vers la ruine. Tenter de la raisonner, c'est se taper la tête contre un mur. Quant à l'affection qu'elle devrait témoigner à de bons parents comme nous, on peut toujours se brosser. Je te jure, Isabelle, si seulement l'armée recrutait des filles, je m'en débarrasserais tout de suite.

Ainsi, Jeanne était fixée. Avant de descendre de l'étage, elle attendit qu'ils partent aux champs. L'hiver était la saison durant laquelle on curait les fossés et répandait le fumier. En temps normal, elle aurait participé à la corvée, mais puisqu'ils la bannissaient, elle voulut les décharger de son poids. Elle devait quitter Domrémy le plus vite possible. Pour ce faire, elle se rendit chez l'abbé Séroux.

Après l'avoir cherché à l'église ainsi qu'à la sacristie, elle le trouva dans le jardinet qui cernait sa maisonnette. Il s'échinait à fendre des rondins. Il n'était plus tout jeune, ses forces le trahissaient, cramoisi, il soufflait comme un bœuf au labour. D'autre part, l'adresse n'était pas son fort. La hache tombait plus souvent sur le billot que sur la bûche visée. Les rondins valdinguaient dans le décor. Il jurait comme jamais Jeanne n'aurait supposé qu'un prêtre pût jurer. Il hurlait des mots qu'elle n'avait même jamais entendus et dont elle ignorait le sens. La découvrant dans son dos, il rougit, s'excusa, refusa de lui donner la signification de ses jurons. Elle lui prit la cognée des mains, lui débita deux stères en un tournemain.

L'effort fourni et le froid ambiant pardonneraient bien une petite goutte de mirabelle, se justifia-t-il. Il proposa à Jeanne de trinquer. Elle refusa, toutefois elle demanda à entrer chez lui. Elle voulait lui faire part d'une illumination et lui demander son aide.

Ils s'installèrent devant l'âtre. L'abbé Séroux se fit attentif, tout en savourant sa petite goutte de mirabelle qui ne tarda pas à en appeler une seconde. Jeanne questionna.

– Vous avez bien une copine religieuse à Toul ?

Le terme semblait impropre. L'abbé corrigea. Il n'avait pas de « copine » à Toul, pas plus qu'ailleurs. En revanche, il avait une excellente relation sacerdotale avec sœur Saint-Irénée, mère supérieure du couvent des dominicaines Saint-Étienne. Toutefois, une insurmontable difficulté se présentait. Il avait naguère recommandé ses parents auprès de la religieuse pour qu'elle admette Jeanne dans son école et lui apprenne à lire. Malheureusement, les choses avaient tourné court. Pétronille La Bresse était l'une de ses élèves. Manque de chance, elle était la sœur de ce Tancrède à qui Jeanne avait brisé deux dents d'un coup de poing. La bavarde avait rapporté l'incident à la mère supérieure. Sœur Saint-Irénée avait illico écarté la candidature de Jeanne, arguant qu'elle n'acceptait pas les cas difficiles. On pouvait la comprendre. Ce qui était moins admissible, c'était qu'au retour de Toul son père lui avait confié qu'aller quémander auprès de sœur Saint-Irénée était une idée d'imbécile. Or l'idée venait de lui, l'abbé Séroux, au départ. C'était bien sûr oublié, mais il s'en souvenait quand même.

Jeanne se fit suppliante. Elle improvisa un mensonge pour être entendue. Quitter Domrémy méritait bien ce petit péché. Elle affirma qu'en priant, ce matin, elle avait eu une révélation. Elle avait senti que Dieu la réclamait. Elle demandait pardon de n'avoir jamais su être maîtresse de sa spontanéité. Désormais, elle se contrôlerait. Elle s'y engageait. Mais il fallait être juste, si ses réactions se faisaient trop vives, était-ce sa faute ?

Les garçons tentaient toujours de l'entraîner au péché. Elle les abhorrait, ces mâles en rut, ils ne considéraient les femmes que pour leur jouissance ou leur descendance. Elles devaient toujours se soumettre sous la violence. Ce monde voué à l'hégémonie des forts n'était pas le sien. Elle voulait se retirer dans les ordres.

Ému, l'abbé Séroux jugea bon de se resservir une petite goutte de mirabelle. Il le voyait bien, la contrition de Jeanne était sincère. Attendri, il l'embrassa paternellement sur le front. Lui caressa la joue. La pure petite fille qu'elle avait été le demeurait, en dépit de la vilenie du monde. Il intercéderait auprès de sœur Saint-Irénée en sa faveur. Aucun homme ne l'avait souillée. Fort de cet argument, il saurait la convaincre de l'accueillir comme novice. Sans se vanter, confesseur habitué à sonder les âmes, il se savait doté d'une intuition qui ne le trompait jamais. Il avait toujours su que Jeanne d'Arc finirait religieuse.

C'est à cet instant que surgit Joaquin Droiteval, en nage et à bout de souffle. Il arrivait à bride abattue de Coussey, à moins d'une lieue au sud de Domrémy. Il fallait sur-le-champ sonner le tocsin. Là-bas, cinquante déserteurs mettaient le village à sac. Ils incendiaient granges et fermes. On ne comptait plus les viols. Ils seraient ici dans moins d'une heure. Pas le temps de prier. L'abbé Séroux les planta là, il détala sonner la cloche, tandis que Joaquin, mains en porte-voix, s'époumonait en criant à la cantonade :

– Pillards ! Voilà les pillards ! Sauve qui peut !

Une ribambelle de Domrémois affolés se massa sur la place du village. On portait vieux et malades à dos d'homme. On tentait d'apaiser les petits. On avait rassemblé le peu d'affaires plus ou moins précieuses dans des baluchons. La pitoyable cohorte s'apprêta à prendre le chemin de la ferme fortifiée, non loin de Greux, une bâtisse où l'on allait se barricader presque à chaque razzia.

C'est alors que Jeanne découvrit une Jeanne dont elle avait jusque-là ignoré l'existence.

16

Les pillards arrivaient. Plus question de se lamenter en barbotant dans son *spleen*. En Jeanne monta alors une rage inextinguible. Voir tous ces Domrémois fuyants comme des brebis à l'approche du loup lui était insupportable. Elle sentit qu'il était de son devoir d'aiguillonner ces couards, elle devait les exhorter à affronter le danger avec résolution et dignité. À fuir, ils avaient tout à perdre. Alors que, courageux pour une fois, en leur faisant face, ils surprendraient les assaillants à tel point que ceux-ci deviendraient vulnérables.

Sur les vitraux ou les enluminures, elle avait toujours vu les chefs à cheval. C'était sans doute qu'il valait mieux s'adresser de haut aux hommes pour les commander. Elle courut à l'écurie chercher Pompon. Elle s'apprêtait à sortir le gentil cheval lorsque son père accourut. Il lui arracha la bride des mains. (« Il hurle. Le muet a retrouvé la parole ! » se dit-elle *in petto*.) Il lui intimait l'ordre de laisser Pompon à l'écurie. Pompon n'était pas un cheval de guerre, un destrier, pas plus qu'un palefroi, animal d'apparat. C'était un comtois, un brave bon gros cheval de labour. En aucun cas elle ne le sortirait. Affolé, le malheureux animal irait s'embrocher sur les lances des mercenaires. Et puis, qu'est-ce qui la prenait, à se croire cheffe de guerre ? Qui obéirait à une gamine comme elle ? S'était-elle seulement regardée ? Aussi fluette qu'une asperge. Au premier commandement, sa troupe poufferait de rire. Non, la guerre était une affaire d'hommes. Si mettre un coup de coude dans le visage d'un boucher trop entreprenant était une chose, diriger une troupe en était une autre.

Jeanne rit au nez de son père.

– L'autre jour, de ma chambre je t'ai entendu, tu as dit à maman : « Je te jure, Isabelle, si seulement l'armée recrutait des filles, je m'en débarrasserais tout de suite. »

– C'était sous le coup de la colère. Réfléchis un instant, la petite bergère Jeanne d'Arc commandant de rudes guerriers, ça frise le ridicule.

Elle ne parviendrait pas à le convaincre. Les ennemis se rapprochaient. Qu'il le garde, son Pompon. Elle courut retrouver les Domrémois.

Elle grimpa sur la meule du moulin pour dominer le rassemblement. Elle prit une voix de stentor dont elle ignorait elle-même qu'elle fût capable. Elle les admonesta. Les pillards seraient là dans une heure. Qu'ils ne s'enfuient surtout pas. On n'avait pas le temps d'aller à Vaucouleurs demander le secours du capitaine Robert de Baudricourt pour qu'il leur envoie ses gens d'armes. Les Domrémois ne pouvaient compter que sur eux-mêmes. L'alternative était soit d'affronter l'ennemi pour vivre la tête haute, soit de fuir pour mourir dans la honte. S'ils lui obéissaient, ils sauveraient leurs femmes, leurs enfants, leurs biens, leurs maisons ainsi que leur honneur. Elle ordonna à tous les hommes de retourner chez eux et de revenir armés de haches, de fourches, de faux ou d'épées pour ceux qui en avaient acheté clandestinement au forgeron Heckart Hardt. La stratégie était la suivante : aux dires de Joaquin Droiteval, ils étaient environ une cinquantaine, ils arrivaient par le chemin de Coussey, donc du sud de Domrémy. Ils ne pouvaient qu'emprunter le pont romain pour entrer dans le village. La moitié des hommes présents se mettraient aux ordres de Mathilde Hardt et de son robuste père ; ils iraient se cacher, en gardant un silence total, sur la berge rive droite, sous l'arche du pont. L'autre moitié des hommes, sous ses ordres à elle, se masserait bien en vue sur le pont et au milieu. Lorsque les pillards arriveraient, elle les provoquerait. Puis, comme refusant le combat, elle simulerait une reculade avec ses hommes. Les ennemis avanceraient pour s'entasser sur le pont. À cet instant, elle crierait : « Montjoie Notre-Dame ! » Les hommes de Mathilde Hardt jailliraient du dessous du pont, prenant ainsi les pillards à revers, tandis qu'elle et les siens attaqueraient de face. Les ennemis, tassés entre les parapets, coincés par l'étroitesse du pont, ne pourraient présenter qu'un nombre très restreint de combattants, tandis que simultanément ils se feraient attaquer par l'arrière. Les prendre en étau sur le pont, telle était la stratégie de Jeanne.

Il se dégageait d'elle une telle énergie, un tel pouvoir de conviction que les hommes lui obéirent sans broncher. Elle se surprit à opérer un miracle : à présent, tous ces poltrons redynamisés croyaient en eux-mêmes. Comme elle l'avait ordonné, ils se divisèrent en deux groupes. L'un alla se dissimuler sous la voûte à l'entrée du pont ; l'autre groupe, commandé par elle, attendit au milieu.

Tout en allant se poster sous l'arche du pont, Mathilde Hardt et son père, stupéfaits, ne purent s'empêcher de questionner Jeanne sur sa géniale stratégie de défense. Où donc était-elle allée chercher un tel talent de stratège ? Elle qui n'était jamais sortie de Domrémy, on aurait pu croire qu'elle avait suivi les cours d'une école de guerre. Et puis, cette emprise soudaine sur les hommes du village, c'était tellement inattendu chez cette fille d'ordinaire si timide. Comment ce prodige avait-il été rendu possible ?

Que leur répondre ? En son for intérieur, Jeanne savait qu'elle avait réagi à l'intuition, en improvisant, tout à trac. L'exaspération avait été l'étincelle mettant le feu aux poudres. Domrémy ne pouvait plus continuer à subir de sempiternelles razzias sans rien opposer, n'offrir que la couardise coutumière des villageois en se contentant de fuir. Alors d'où lui était venue sa stratégie du pont ? Allez savoir. Mais les pillards se rapprochaient. L'heure n'était pas à l'introspection. Pour se décoller des Hardt, elle leur désigna le ciel de l'index. Elle aurait tout aussi bien pu inventer autre chose. Mathilde et son père restèrent pantois. Ils parlaient à une fille à laquelle le Ciel parlait ! Ils se signèrent. Ils tombèrent à genoux*.

Jeanne les releva illico presto. Ils arrivaient ! À plus tard la dévotion ! Leur tache noire grossissait sur la neige au fond de la vallée.

Ils avançaient en rangs serrés. Contrairement à ce qu'avait raconté Joaquin Droiteval, la horde semblait comporter plus de cinquante individus. Elle l'évaluait à environ le double. Ils semblaient être les résidus d'une armée défaite. Si déguenillés que l'on ne savait identifier leurs uniformes, hormis quelques lambeaux de chasubles à croix rouge. Certains portaient des éléments d'armure, d'autres pas. Leur armement se composait soit d'épées, soit de lances. Et, observation satisfaisante, beaucoup s'encombraient de baluchons de toile renfermant leur butin amassé à Coussey. Ainsi encombrés, ceux-là ne sauraient combattre.

Ils parvinrent à l'entrée du pont romain. Surpris, ils marquèrent une pause. Ils trouvaient insolite de se trouver face à des villageois qui les attendaient ; s'ils s'étaient comportés comme leurs victimes habituelles, ils auraient dû fuir à toutes jambes. Et, encore plus inhabituel, ils découvraient une jeune fille au premier rang.

Un Rouquin géant, style Viking, semblait être leur meneur. Il apostropha Jeanne. Manifestement, il ne possédait rien de la courtoisie de gentleman que l'on attribuait aux Anglais.

– *So you daughter of a bitch you wait to be fucked?*

Nul ne prit ombrage de l'invective. Personne ne parlait l'anglais au village. Campée au premier rang de ses hommes, Jeanne leur lança :

– Ils vont s'engager sur le pont. On attaquera seulement à ce moment-là, attendez que j'aie crié. C'est bien compris ?

Ils exécutèrent leur mouvement de recul. Jeanne lança à pleins poumons :

– Montjoie Notre-Dame !

Aussitôt après leur avoir donné l'ordre d'attaquer, Jeanne craignit un instant que ces paysans uniquement familiers des travaux des champs soient horrifiés à la vue du sang et se retrouvent dans l'incapacité de donner la mort. Alors, saisis de panique ils n'auraient qu'un réflexe : se carapater. Il n'en fut rien. Leur fougue dépassa ses espérances. Ce qui lui inspira un vif sentiment d'effroi. Elle découvrit que, même sans formation militaire, tout homme pouvait devenir un excellent tueur. Un meneur éloquent ainsi qu'un bon *briefing* suffisaient.

Comme convenu, Jeanne et ses hommes reculèrent, laissant ainsi à l'ennemi l'illusion d'une retraite. Se méprenant, les pillards s'engagèrent sur le pont. À l'instant même, dans leur dos, jaillirent les hommes de Mathilde, secondée par son père, le géant Heckart. Leur enthousiasme à trucider faisait presque peur. Le forgeron, ravi d'utiliser pour une fois sa masse d'armes, entra dans la mêlée avec ardeur. Il faisait de grands moulinets, les côtes craquaient comme les branches mortes que l'on brise pour le feu, les têtes valsaient comme au jeu de boules. Mathilde couvrait son père. Son expertise à l'épée ne laissait aucune chance à ses adversaires. Qui voulait l'atteindre se faisait aussitôt embrocher de part en part. Elle transperçait les thorax comme en s'amusant, semblait-il. Les Hardt père et fille tuaient avec une dextérité remarquable pour des profanes. Jeanne ne leur aurait jamais soupçonné un tel talent. Mais l'abbé Séroux ne disait-il pas que c'était dans la peine que l'on découvre ses vrais amis ? Elle-même n'était pas armée. Elle ne se sentait pas très chaude pour occire. Elle préférait stimuler ses combattants et diriger l'attaque.

En dépit de leur armement rustique, les hommes de Jeanne étripaient à cœur joie. Haches, fourches et faux faisaient merveille. Les corps s'entassaient sur le pont, entravant les mouvements des assaillants. Ils trébuchaient sur leurs morts. Les flots de sang coulant des têtes coupées leur rendaient le sol désagréablement glissant. Beaucoup se cassaient la figure. Dès que l'un tombait au sol, rien n'était plus facile que de le débiter à la hache. Affolés, les rares survivants sautèrent dans la Meuse gelée, brisèrent la glace et, victimes d'hydrocution, y disparurent à jamais*.

La clameur du combat se tut. Un lourd silence se fit. On respira. Domrémy était sauvé. La joie explosa. C'est à Jeanne que s'adressaient les vivats... La foule tint à la porter en triomphe. Elle refusa. Se cabra. Se soumit.

Dorénavant, qui songerait à venir piller Domrémy devrait y réfléchir à deux fois. On saurait dans toute la Lorraine que le Domrémois n'était pas homme à se laisser marcher sur les poulaines.

Les femmes, auxquelles incombaient toujours les tâches peu ragoûtantes, furent envoyées sur le pont pour le lessiver. Ramassant les lambeaux de chair, signe que la bonne humeur était revenue, c'est en riant qu'elles clamaient :

– Les morceaux de porcs nourriront les porcs !

On promena Jeanne dans tout le village sur le bouclier d'un mercenaire mort. Bien que souriante, au fond d'elle-même elle n'appréciait guère ces hommages. Elle ne se sentait pas du tout le genre de fille faite pour la célébrité.

Les volets des maisons se rouvraient. Tandis que, juchée sur son bouclier, on la promenait comme la statue de la Sainte Vierge aux processions, elle saluait d'une main distraite les Domrémoises, qui ressortaient rassurées. Ça lui semblait étrange, mais son triomphe lui était pénible. Bien sûr qu'elle avait sauvé le village, mais c'était au prix de vies humaines. Si Dieu avait permis qu'ils gagnent, c'était en désobéissant à son propre commandement : « Tu ne tueras point. » Ainsi, respecter la parole divine c'était mourir, la transgresser c'était vivre. Pourquoi Dieu l'avait-il donc mise en présence d'un tel choix impossible ? C'était ce genre de situation que Macaire Burey appelait d'un mot savant : un dilemme.

Débarqua Joaquin Droiteval. Il enlaça Jeanne comme un vieux tonton fier et affectueux. Il n'était que louanges. Elle avait mené son attaque de main de maîtresse. À « main de maîtresse », il fit une de ses vannes vaseuses dont il avait le secret et qui créaient l'embarras. Leur différend politique, c'était du passé. Oui, il était partisan de Philippe le Bon, duc de Bourgogne, allié de l'occupant anglais, alors qu'elle ne jurait que par le dauphin Charles. À chacun ses vues, après tout. Qu'on laisse Dieu choisir son camp, on verrait bien. Aujourd'hui, ce n'était que des déserteurs, des apatrides qu'elle venait d'exterminer. Elle avait fait preuve d'une intelligence rare. Surtout pour une fille. Jeanne répondit au compliment du même sourire qu'une personne qui vient de sucer du citron.

C'est alors que les forgerons Hardt père et fille prirent la parole, ce qui plongea Jeanne dans le plus grand embarras. Ils clamèrent haut et fort à tous les Domrémois rassemblés que, s'ils avaient été capables de ratiboiser les envahisseurs, c'était que Jeanne avait reçu sa « stratégie du pont » directement du Ciel, sans aucun intermédiaire. Et surtout, que les incrédules se taisent. C'était elle-même, elle-même qui le leur avait avoué en aparté. C'était ainsi, comme toutes les saintes Jeanne restait discrète. Il ne fallait pas compter sur elle pour qu'elle se hausse du col. Aucun saint n'avait jamais bombé le torse à propos de ses entretiens privilégiés avec Dieu. Juste à titre d'exemple, au temps de l'empereur romain Marc Aurèle, sainte Blandine, jetée à des lions que l'on avait fait jeûner à dessein, les avait tous subjugués. Sous le charme, les fauves, oubliant leur fringale, étaient venus se coucher à ses pieds en ronronnant comme de bons gros chats. Après un tel exploit, Blandine aurait très bien pu mettre au point un triomphal numéro de cirque justifiant des tournées dans tout l'Empire romain… Que nenni ! Elle était retournée tenir la caisse de la quincaillerie de son père. C'était ainsi, les saintes étaient des personnes effacées, Jeanne était de cette race-là. Domrémy accueillait une sainte.

Hosanna ! Un cantique improvisé monta de la foule. Jeanne se demanda si les Hardt ne lui avaient pas collé une étiquette dont elle aurait grand-peine à se défaire. Cependant, elle ne se sentait pas de taille à déraciner la superstition d'un groupe ; sa tentative les aurait rendus dangereux. Elle laissa filer.

Un remous agita la foule. Des protestations montèrent. Un couple jouait des coudes, forçait le passage pour venir se glisser aux pieds de Jeanne, toujours portée en triomphe sur son bouclier. C'étaient Isabelle et Jacques. Trop heureux de la voir sauve, ils accouraient pour la serrer dans leurs bras. Elle était bien oubliée, cette querelle au cours de laquelle Jacques lui avait refusé Pompon pour repousser les pillards. Ils n'étaient plus qu'un papa et une maman fiers de leur héroïne et trop heureux de s'exhiber auprès d'elle. La joie d'Isabelle s'exprimait avec autant de démesure que l'avait été celle de son angoisse durant l'attaque. Jacques, lui, se contenait, il craignait de se laisser submerger par l'émotion en public ; il n'en était pas loin.

La complicité revenue des parents faisait suite à une dispute. Jacques avait cru ce qu'avaient proclamé les Hardt. Il se demandait, après tout, si Dieu en personne n'avait pas soufflé à Jeanne la « stratégie du pont » ; alors qu'Isabelle, d'une nature beaucoup plus pragmatique, avait vivement repoussé cette hypothèse.

– Ne sois pas stupide, mon pauvre Jacques. Le Bon Dieu, ça fait cinq mois qu'il ne sait pas qui faire gagner au siège d'Orléans. Anglais ou Français ? Il patine. C'est pourtant la future identité de la France qui est en jeu. Alors, figure-toi, mon petit bonhomme, que ce qui peut se passer à Domrémy, il n'en a rien à faire.

– Ton « petit bonhomme », il te dit bien des choses. Si tu n'avais pas moins de mémoire qu'un mouton, tu te souviendrais que l'abbé Séroux nous a appris que Dieu est omniprésent. Ça veut dire que…

– Oh, ça va ! Ne te fais pas plus savant que tu n'es. C'est bien les hommes, ça, toujours se croire supérieurs. Tu me fais triste, Jacques.

Jeanne ordonna qu'on leur ouvrît la voie. On abaissa le bouclier pour que sa mère puisse la serrer dans ses bras. Ce faisant, celle-ci craqua. Fondant en larmes, elle supplia Jeanne :

– Ma grande fille chérie ! J'ai eu trop peur, mon cœur a failli s'arrêter de battre à trois reprises. Ne refais jamais ça. Tu serais responsable de la mort de ta maman qui t'aime tant. La guerre, tu dois laisser ça aux hommes. Les gentilles jeunes filles comme toi, Dieu ne leur donne qu'une mission, soigner les soldats. Si tu as cru l'entendre pour t'exhorter à partir au combat, c'est que le diable avait imité sa voix. Il le fait souvent. Regarde ta cousine qui entend toujours que le dernier fiancé est le bon. Jure-moi que tu ne prendras plus jamais de risques à jouer l'héroïne.

Jeanne jura.

17

Le lugubre décembre n'offrait que de courtes journées. Le jour déclinait. Les Domrémois avaient regagné leur foyer, tout en commentant à l'envi leur bataille gagnée, chacun se poussant du col. Délaissée, Jeanne, leur héroïne d'un jour, retombait dans la routine, elle rentrait ses moutons avant la nuit. Le désenchantement l'envahit. Dans cinquante ans, en un décembre tout aussi sinistre, à la même heure, ouvrirait-elle la porte de cette même bergerie pour abriter un troupeau identique à celui-là ? L'inéluctable de cette perspective lui donna envie de pleurer. Mais il lui fallait se contenir, les parents l'attendaient pour le dîner. Son père n'aurait pas compris que l'on pût pleurer à l'idée d'être la responsable de ce troupeau que tous enviaient à Domrémy. Il aurait ressenti son chagrin comme une offense.

Comme s'ils avaient voulu accroître son cafard, les parents avaient eu la fâcheuse idée de garder Joaquin Droiteval à dîner. Il faudrait rester stoïque, trouver la force de sourire aux « bons » mots du balourd. La lourdeur était comme la mauvaise haleine, celui qui en était affligé ne la sentait jamais. À coup sûr, il s'étendrait toute la soirée sur cette journée de meurtres qu'elle s'efforçait d'oublier. Le dîner durerait un mois.

Ses craintes étaient fondées. Dès qu'elle parut à la porte, Joaquin Droiteval hurla haut et fort, avec cette intensité qui distingue les malappris en société :

– Garde à vous, les hommes ! Voilà notre capitaine en jupons. Comment t'as eu l'idée de les coincer sur le pont ? C'est vrai, ce que racontent le forgeron et sa fille ? Alors comme ça, le Bon Dieu t'aurait conseillée ?

Voilà que le balourd lui demandait d'infirmer les affabulations mystiques de Mathilde et son père. À quoi bon rétablir la vérité ? L'imbécile préférerait croire à leurs sornettes. Même pour les gens sensés, une légende joliment vêtue était toujours plus sexy que la vérité toute nue. Elle allégua la fatigue ainsi que les émotions de la journée pour monter dormir sans dîner.

Malheureusement, une fois enfermée dans sa chambre, il ne fut pas question de dormir. Son père avait prétexté sa victoire pour mettre un tonnelet en perce. En bas, c'était la cacophonie. Chacun hurlait pour couvrir la voix de l'autre. Ils ressassaient la tuerie à n'en plus finir. Grâce au blanc de Moselle, les divergences politiques étaient abolies, seule leur amitié de longue date comptait. Grisé, Joaquin en arrivait à intervertir les prénoms, il appelait Jacques Isabelle et Isabelle, Jacques. Ils burent beaucoup et même un peu plus. C'était son père qui semblait le plus atteint. Lorsqu'il goûta le pot-au-feu d'Isabelle, Jeanne l'entendit se lamenter, proférer des absurdités. Il affirmait en hoquetant qu'une fois que les Rouquins auraient gagné la partie, on ne savourerait plus jamais du bon bouillon français comme celui-là, on serait tous condamnés au *porridge*. Pour le consoler, c'est en bredouillant que Joaquin Droiteval proposa à Jacques de passer un accord.

– Dis-moi, mon Jacques, notre chère Lorraine, c'est bien un *puzzle* ?

– Un *puzzle* ?

– T’as comme des pièces pour le dauphin Charles qui s’emboîtent dans des pièces pro-anglaises.

– Malheureusement, c’est bien vu, répondit Jacques qui, hypersensibilisé par le blanc de Moselle, faillit se mettre à pleurer.

– À Gondrecourt, où j’habite, on est pour les Anglais…

– Mais ici, à Domrémy, c’est français et ça le restera ! s’insurgea Jacques en frappant la table du plat de la main.

– Te fâche pas, mon Jacques. Au siège d’Orléans, que ce soient les pro-Charles ou les pro-Anglais qui gagnent, les perdants passeront au barbecue. Alors, ce que je vous propose, c’est que si les partisans du dauphin Charles gagnent je viens me réfugier chez vous, et si ce sont les pro-Anglais les vainqueurs, alors les d’Arc et leur grande fille seront les bienvenus à Gondrecourt chez le gentil Joaquin.

– Topons là ! dit Jacques en trinquant une fois de plus.

Jeanne se raidit. Quelle que soit l’issue du siège d’Orléans, les d’Arc cohabiteraient avec Joaquin Droiteval. Une préfiguration de l’enfer. Tout sauf ça ! Fort heureusement, il ne s’agissait que de projets d’après-boire, projets qui s’évaporeraient avec le dégrisement. Cependant, elle n’en pouvait plus de les entendre divaguer. Mais où fuir, à cette heure ?

C’est alors qu’un petit miracle se produisit.

Des coups tambourinés à la porte résonnèrent. C’est à Macaire Burey que les parents ouvrirent. Tout gauche, il leur donna la raison de sa visite. Enfermé loin du tumulte, absorbé par une traduction ardue, il n’avait pas eu vent de l'attaque des pillards, encore moins de la conduite héroïque de son amie. Il venait pour la complimenter, ainsi que l'inviter à passer la soirée à la taverne Chez la Rousse. Ils ne rentreraient pas tard.

Jeanne dévala l'escalier.

Avec sa malheureuse jambe rabougrie, Macaire ne pouvait monter à cheval. Les parents et Joaquin Droiteval regardèrent la carriole du couple s'enfoncer dans la nuit. Comme à son habitude, Joaquin Droiteval exprima son opinion, que personne ne souhaitait entendre.

– Je dis rien, c'est pas ma fille, mais laisser partir une gamine la nuit avec un garçon, c'est irresponsable. À plus forte raison si c'est un type roux. Ces gens-là ont le diable dans la peau. Vous verrez dans neuf mois si je dis des bêtises.

– Un petit-fils roux, ce serait mignon, balbutia Jacques avec le sourire benêt de l'aviné.

Isabelle haussa les épaules, s'empara du tonnelet qu'elle alla enfermer sous clef dans un placard. Elle revint vers Jacques pour le houspiller.

– « Mignon » ! Dis pas de sottises, mon pauvre Jacques ! Tu nous vois avec un petit-fils roux ? Jeanne d'Arc avec un bébé genre anglais, ça la ficherait mal.

Au-dessus des étendues de neige azurée, cette lune qui voguait sur un ciel outremer incitait à la rêverie. Les roues ferrées crissaient sur le sentier pierreux. Les deux se taisaient. Avec les cahotements de la carriole, ils auraient chevroté. Être contrainte au silence arrangeait Jeanne. Elle n'aurait trouvé à dire que ce qu'elle se devait de taire. Tendre. Macaire était tendre. Trop tendre. On moquait les garçons au caractère doux. On les traitait de filles. Car c'était une insulte. Un moment avec Macaire, c'était s'abstraire de la rudesse du monde. Il était trop délicat d'être venu la chercher. Il avait étalé sur eux deux une grande couverture en peaux de loups cousues. Serrés comme ils l'étaient, elle sentait sa chaleur à lui. Ça devait être comme ça dans un lit. Lui montèrent des pensées interdites qu'elle se refusait pourtant de repousser. On verrait ça plus tard, avec l'abbé Séroux. Pour l'instant, c'était voluptueux. Elle aurait adoré qu'ils dépassent la taverne Chez la Rousse et qu'ils prolongent leur équipée au-delà du bout du monde.

Jeanne fut étonnée de découvrir la salle de Chez la Rousse parée comme pour la fête de l'an neuf, qui pourtant ne serait célébrée que dans vingt jours. Tentures et feuillages décoraient les murs, on avait triplé le nombre de chandeliers. Hommes et femmes, tous notables, portaient leurs vêtements de grand-messe. Éliette Boutonnier, la tenancière, embrassa Macaire et leur attribua une table dressée au fond de la salle, tout contre une petite estrade. Jeanne prit peur, elle craignit que Macaire lui eût réservé une surprise et que tout ce tintouin fût organisé en son honneur, pour la direction victorieuse du combat. Un massacre à propos duquel elle aurait voulu ne plus jamais rien dire ou entendre. De surcroît, elle devrait parler en public, ce qui ce soir la paralysait. Elle en voulut à Macaire de la mettre devant le fait accompli. Or sa crainte et son mécontentement furent de courte durée. La salle se mit à applaudir à tout rompre six hommes en armes qui entraient. Ces gaillards de grande taille cachaient la personne qu'ils escortaient. Un messager les accompagnait, il se présenta comme étant Salvin de Bouloire. Il fit s'écarter les gardes pour ouvrir le passage à une femme. Il lui donna la main, afin qu'elle le rejoigne sur l'estrade.

Elle semblait avoir la soixantaine. Toutefois, la finesse de ses traits ignorait l'affront des ans. Son port de tête était celui d'une altesse, ses yeux bleu-gris paraissaient sourire sous sa mantille de dentelle. Elle portait une robe décolletée de velours bleu nuit. Elle salua la salle par de lents hochements de tête, sa gestuelle n'était qu'élégance. Elle évoquait ces femmes de cour sur lesquelles on s'extasiait.

Le messager Salvin de Bouloire la présenta à l'assemblée. Cette très honorable personne était Mme Christine de Pizan. Elle arrivait de Venise après trente jours de chariot, elle avait franchi les Alpes en empruntant les voies romaines et se rendait à Paris, ce qui lui demanderait encore plus d'une semaine de voyage. Elle devait remettre le manuscrit de son livre, *La Cité des dames*, à Isabeau de Bavière ainsi qu'au duc de Bourgogne, Philippe le Bon. Cette fréquentation d'un anglophile ne recevant pas l'agrément de Robert de Baudricourt, inconditionnel du dauphin Charles, ils se battaient froid ; c'était la raison pour laquelle elle ne faisait pas étape au château de Vaucouleurs, mais ici, à Neufchâteau. Salvin de Bouloire lui apporterait les nouvelles du siège d'Orléans.

Jeanne fut prise de panique, avec l'envie de se sauver. Salvin de Bouloire ou Macaire ne manqueraient pas de la présenter à cette femme très importante. Elle venait de Venise et des Alpes ; s'il s'agissait de deux villages, où se trouvaient-ils donc ? Elle n'avait jamais entendu parler de ces lieux. Cette femme écrivait des livres, elle connaissait le duc de Bourgogne, comment oser lui adresser la parole ? Quels mots trouver, elle qui n'avait jamais lu un seul manuscrit, elle qui devait sentir le mouton ? Comment éviter de faire honte à Macaire ?

Le bourgmestre de Neufchâteau, Béranger Tassonnière, monta sur scène, s'inclina devant cette femme et lui fit ce que Jeanne n'avait jamais vu faire : un baisemain. Salvin de Bouloire aida l'handicapé Macaire à grimper sur le podium. Ils firent signe à Jeanne de les rejoindre, d'un geste de la main elle déclina l'invitation.

Ils s'entretinrent un bon moment, puis Macaire descendit la retrouver ; il lui reprocha de ne pas se joindre à eux. On était en présence d'une femme comme on n'en rencontre qu'une seule fois dans une vie. Macaire était tout fier de converser avec une telle sommité. À l'inverse, chez Jeanne, le malaise dû à son sentiment d'infériorité ne faisait que croître. Macaire lui répéta ce qu'il venait d'apprendre. On se trouvait en présence d'une personnalité stupéfiante. La mère de Christine de Pizan avait voulu qu'elle s'adonne aux travaux d'aiguille comme c'était l'usage pour les filles, mais son père, un célèbre médecin ami du roi Charles V, s'y était opposé. Selon lui, toute fille méritait de faire les mêmes études que celles d'un garçon ; elle y avait excellé. Elle parlait l'italien, le latin ainsi que le français, langue dans laquelle elle écrivait des livres accueillis avec enthousiasme dans les cours de l'Europe entière. Elle avait étudié la philosophie et l'histoire, elle exerçait avec brio un métier réservé aux hommes : l'écriture. Veuve depuis quarante ans d'un mari qu'elle adorait, elle avait écarté de nombreuses demandes en mariage, soupçonnant chacun des prétendants de n'être intéressé que par sa célébrité. Une veuve non remariée et qui n'était pas entrée au couvent demeurait suspecte pour tout le monde, dans cette société assujettie au joug des dogmes. Mais, femme libre, elle se souciait des ragots comme d'une guigne.

Bien que tout cela fût très joli, Jeanne demanda à Macaire de rentrer; elle avait promis à son père d'être de retour de bonne heure. Il refusa tout net. Il ne voulait pas perdre une seule miette des propos de cette femme hors du commun. Jamais il ne la reverrait. Pour la toute première fois, Jeanne s'emporta contre son ami. Elle comprenait aisément que cette savante l'intéresse beaucoup plus que l'humble petite bergère ignare qu'elle était. Certes, elle ne fréquentait pas le duc de Bourgogne, mais elle devait obéir à un impératif: papa l'attendait.

C'est alors que ce qui se passait sur le podium attira l'attention de Jeanne. Béranger Tassonnière, le bourgmestre de Neufchâteau, racontait quelque chose à Christine de Pizan, et ce qu'il lui disait devait la concerner, elle, Jeanne, car il parlait en la désignant dans la salle. La femme l'écoutait, l'air pénétré, hochant la tête. À n'en pas douter il lui détaillait ses exploits, qu'elle aurait tant voulu taire. Christine de Pizan descendit de scène et marcha vers elle.

L'estomac de Jeanne durcit à faire mal.

18

Toute souriante, Christine de Pizan vint se planter devant elle, l'expression attendrie, comme admirative. Jeanne se demanda ce que ce maudit bourgmestre avait bien pu lui raconter. Et elle lui caressait la joue ! Jeanne aurait aimé qu'une météorite tombât sur la taverne Chez la Rousse. Cette main qui avait serré celle de Philippe III, duc de Bourgogne, se posait sur sa joue ! Sa joue, à elle ! Elle, fille des d'Arc, fermiers à Domrémy. Que lui dire et comment même parvenir à parler, avec ce gosier si sec qu'il la brûlait ? Pour tenter de faire bonne figure, elle tira ses commissures labiales vers l'arrière sans trop grimacer. Mais que faire ? Il était impensable qu'une fille du peuple embrassât une femme d'un tel rang. Un baisemain, alors ? Pas davantage, elle avait un jour entendu dire que cette marque de respect n'appartenait qu'aux hommes. Alors quoi ?

Ce fut Christine de Pizan qui fit tomber la pression. À nouveau, elle lui caressa la joue et les cheveux, avec cette fois une insistance aussi maternelle qu'apaisante.

– Ne sois pas troublée, comme toi je ne suis qu'une bonne femme, plaisanta-t-elle.

En dépit du ton « copain », Jeanne demeurait pétrifiée. La sentant à ce point ébranlée, Christine de Pizan tint à la rassurer. Elle souhaitait lui parler en tête-à-tête. Le brouhaha des conversations de la taverne l'incommodait. Elle pria Éliette Boutonnier, la tenancière de

Chez la Rousse, qu'on lui apportât deux pintes de bière à sa roulotte. C'était la plus volumineuse des trois, celle stationnée entre les deux autres ; des gardes l'entouraient.

Découvrant l'intérieur, Jeanne resta ébahie. Jamais elle n'aurait imaginé qu'un tel chariot pût exister. Il s'agissait littéralement d'un bureau-chambre ambulant. La pièce sentait bon le pin. À l'exception d'un lit recouvert d'une étoffe carmin, sous la lumière de deux chandeliers les couleurs miel dominaient. Les parois de planches disparaissaient sous les livres. L'un d'entre eux, beaucoup plus volumineux que les autres, trônait sur un lutrin au centre d'une table. L'ensemble était aussi imposant que ces énormes volumes sur pied torsadé exposés à la droite des autels, les lectionnaires. Jeanne aurait aimé savoir lire le titre, sans pour autant oser questionner. Elle se contenta de s'extasier sur la calligraphie qui barrait la couverture, d'élégants caractères noirs dessinés à la plume d'oie et sertis d'un liseré d'or.

Christine de Pizan devina sans peine que, comme pour toutes les filles, on n'avait pas jugé utile de lui apprendre à lire. Afin de lui épargner la gêne d'avouer son illettrisme, elle lut à haute voix :

– *La Cité des dames.*

Elle lui apprit qu'il s'agissait de son dernier ouvrage, Jeanne la trouvait sur le chemin où elle se rendait pour aller l'offrir au duc de Bourgogne, à Paris, ainsi qu'à Isabeau de Bavière. Faire lire sa pensée aux grands de ce monde, il n'y avait pas de meilleur moyen pour qu'elle se répande, infuse et corrige les mœurs de cette détestable société inféodée à l'homme. De telle sorte que, bientôt, la femme serait enfin considérée comme l'égale de l'homme. Grosso modo, elle envisageait l'avènement de la femme dans les deux ans à venir. En 1430, ce serait réglé. Si elle avait connu Jeanne alors qu'elle était encore en cours de rédaction, elle l'aurait sans aucun doute insérée parmi les femmes remarquables de son ouvrage. Jeanne avait sauvé son village, Christine admirait son exemplaire pugnacité. Que des filles comme elle existent lui mettait du baume au cœur ; elles étaient l'avenir. Cette courageuse Jeanne, là devant elle, avait amené ces pleutres de bonshommes à défendre leur village ; c'était exemplaire, il faudrait que ça se sache bien au-delà de la petite Lorraine, que toutes en prennent de la graine. Elle se demandait si Jeanne ne serait pas l'héroïne de son prochain roman. Elle y penserait, dans ce cas elle reviendrait de Venise à la taverne Chez la Rousse en vue d'un entretien approfondi. Ancêtres, famille, relations, mode de vie, etc.

Elle, héroïne de roman ? S'insurgeant, Jeanne repoussa l'idée avec vigueur. Jamais de la vie elle ne convoiterait une quelconque célébrité. Avec tout le respect qu'elle devait à Christine de Pizan, celle-ci se trompait lourdement quant à sa personnalité. Elle n'était pas du tout faite pour la guerre. Son père et sa mère, avec leur bon sens paysan, avaient mille fois raison, elle devait laisser ça aux hommes. Oui, aux hommes ! Elle avait honte à l'avouer, mais elle avait fait semblant d'être brave, oui, semblant. Face aux Domrémois, elle avait joué un rôle masculin qu'aucun d'eux n'osait tenir et pour lequel elle n'était pas du tout faite. La preuve en était qu'à l'issue du carnage, en voyant le résultat, elle avait vomi. Elle avait trahi le commandement « Tu ne tueras point », le remords lui taraudait les entrailles. Elle s'était juré de ne plus jamais recommencer. Autodéfense ou pas, elle avait bel et bien organisé et dirigé une tuerie. Aucune confession ne pourrait absoudre une telle horreur. Elle aurait donné n'importe quoi pour qu'on ne lui en reparlât plus jamais. Et cette femme était en train de le faire ! Elle était furieuse que ce stupide bourgmestre lui eût tout raconté. Elle aurait deux mots à lui dire, tout à l'heure.

Entendant cela, la colère empourpra les joues de Christine de Pizan. Elle absorba une grande goulée d'air pour répondre de toute sa force ; or, elle se retint, on toquait à la porte de la roulotte. Le serveur de Chez la Rousse leur apportait les deux pintes de bière commandées. Dès qu'il eut tourné les talons, c'est une Christine de Pizan cramoisie qui explosa. La niaise ! La petite sotte ! L'ignorante ! La crédule ! Elle s'était laissé bourrer le crâne ! Par les « on-dit », par les parents, par les curés. Elle avait tout gobé comme une gourde ! À présent, elle devait fermer son bec et la laisser lui dessiller les yeux. Faire la guerre, la mener n'était pas du tout l'apanage des hommes ! Par le passé, beaucoup de femmes leur avaient déjà damé le pion, à ces coqs. Si les faits d'armes ou triomphes féminins étaient toujours restés sous le boisseau, c'était dû au fait que seuls les hommes savaient écrire et se faire mousser dans leurs récits autolaudateurs. Les petits malins ne portaient que leurs congénères au pinacle et, par un détestable esprit clanique, ils maintenaient leurs compagnes dans l'ombre. Et, depuis la nuit des temps, les sottes courbaient l'échine en ne revendiquant rien du tout. Pourquoi se fatiguait-elle à écrire, à son avis, sinon pour que ça change ? Alors, qu'elle ne lui chauffe pas les oreilles avec ces stupidités de papa et maman !

À titre d'exemple, avait-elle seulement entendu parler de Julienne Du Guesclin ? Non, bien sûr. On n'avait jamais chanté que les louanges de son frère Bertrand. Il s'agissait de la sœur du célèbre connétable qui avait chassé les Anglais de Normandie, de Guyenne, de Saintonge et du Poitou. Jeanne n'osait questionner, mais aucun de ces noms ne lui disait quoi que ce fût. Cependant, elle acquiesça en hochant la tête, pour ne pas mettre ses lacunes en évidence. Christine de Pizan avala cul sec sa pinte de bière en se plaignant qu'elles étaient trop petites. Elle frappa à sa porte. Un garde de sa suite se présenta. Elle commanda deux nouvelles pintes avant de reprendre son récit.

Il ne s'agissait nullement d'une histoire ancienne, celle-ci s'était produite en 1363, juste un an avant sa propre naissance à elle, Christine de Pizan. Julienne Du Guesclin dormait avec sa belle-sœur Tiphaine au château de son frère, à Pontorson, près du Mont-Saint-Michel. Le connétable, comme souvent, était parti guerroyer. Une nuit, les Anglais, mis au courant de son absence par deux traîtres, dressent des échelles contre les remparts. Les imbéciles s'imaginent qu'un château tenu par deux femmes serait « *in the pocket* », selon leur expression. Mais, dommage pour eux, ils tombent sur un os. Julienne a l'oreille fine et n'a pas les deux pieds dans le même sabot. Elle saute hors du lit, enfile la cotte de mailles de son frère, réveille les soldats, fonce aux remparts. Elle bouscule les échelles des assaillants, qui vont lamentablement s'écrabouiller dans les douves. Après quoi, elle ordonne à la garnison de la suivre. Ils rattrapent les fuyards et les exterminent.

Christine de Pizan éclata de rire en achevant son récit.

– Elle a même fait prisonnier leur chef et enfermé les traîtres qui avaient prévenu les Anglais de l'absence de Du Guesclin dans des sacs pour les noyer. Tu vois, Jeanne, c'était une femme bien, il fallait zigouiller, elle a zigouillé ! Alors, tes sornettes, tu les racontes à d'autres. Au lieu de t'abêtir avec tes moutons, tu es fort capable de commander, d'occuper la place d'un bonhomme. Après ton exploit, tu es adorée de tous les villageois ; moi, je te verrais bien bourgmestre de Domrémy. Si je n'étais pas fâchée avec lui, je te pistonnerais auprès du capitaine Robert de Baudricourt.

Cette femme l'idéalisait ! Jeanne écarta d'emblée cette proposition, fort gentille toutefois. D'une part, il aurait fallu qu'elle sache lire pour prétendre à occuper la place de bourgmestre ; d'autre part, être le point de mire de tout le village ne la tentait pas du tout. Elle aimait à rester dans l'ombre, elle n'avait aucune attirance pour la célébrité. Et puis, son rêve était de quitter Domrémy, elle s'y ennuyait à mourir. Nommée à cette fonction, elle s'y serait trouvée ancrée *ad vitam æternam*. Elle avait eu beau chercher tant et plus, elle n'avait jamais trouvé le moyen de partir. Ce qui la plongeait dans un profond abattement.

Christine de Pizan réfléchit un instant. Elle la comprenait sans peine. Elle-même n'aurait jamais supporté de s'enterrer dans un tout petit village, aussi privilégiée qu'elle fût. La promotion de ses livres la faisait voyager dans toutes les cours d'Europe. Ainsi, après Paris, elle devait monter dans les Flandres, à Amsterdam, où la recevrait Guillaume II de Hollande. Ce qui l'amenait à penser à une chose : elle voyageait toujours en compagnie de six gardes. De telle sorte que pour l'entretien de ses vêtements, ses repas, ses achats, elle était contrainte de s'en remettre aux occasionnelles femmes de chambre des tavernes ou relais d'étape. Leur travail se révélait souvent approximatif. Une chambrière serait la bienvenue, elle voyagerait en sa compagnie. Est-ce que cela intéresserait Jeanne ?

Celle-ci afficha une mine renfrognée qui équivalait à une réponse. Christine de Pizan écarta tout de suite son idée, s'en excusant presque, elles devaient l'oublier. À mieux la considérer, elle ne voyait pas du tout Jeanne en servante. Alors que la petite sotte se sous-estimait, elle décelait chez elle, avec certitude, une forte personnalité. Elle la sentait faite pour diriger, prendre des initiatives, être une femme d'action, quelqu'un que l'on suit avec dévotion. Qu'elle le voulût ou non, c'était latent en elle. Mais où, quand, comment ? Ça, c'était une autre paire de manches. On verrait plus tard.

On frappa à la porte de la roulotte. C'était un messager qui arrivait de Paris, de la cour du duc de Bourgogne. Il apportait une bonne nouvelle pour Christine de Pizan qui en était une mauvaise pour Jeanne. Très peinée, elle se garda pourtant de donner son opinion. Les remparts sud d'Orléans se dressaient sur les berges de la Loire. Le fleuve était franchi par un pont à l'extrémité duquel le fort des Tourelles interdisait l'accès de la ville. Les Anglais venaient d'investir ce fort. Ils s'étaient installés dans les ruines du couvent des Capucins. Un avant-poste inexpugnable qui leur permettrait sous peu de réduire Orléans. Mais indépendamment, une difficulté se présentait ici. Pour gagner Paris, Christine de Pizan devait passer par la ville de Troyes, à mi-chemin ; hélas, tout autour de la ville se livraient des combats des plus féroces entre des troupes anglaises et des fidèles du dauphin Charles. De telle sorte que Christine de Pizan était contrainte de différer de plusieurs jours son départ pour Paris. Lorsque le calme serait revenu, il viendrait l'en avertir.

Christine de Pizan pesta.

– Ah ! Encore ce dauphin Charles ! Jusqu'à quand va-t-il me pourrir la vie, celui-là ?

Pendant ce temps, à Domrémy, l'aube azurait les fenêtres des d'Arc. Depuis minuit, Isabelle n'avait cessé de tourner en rond dans leur chambre. Elle marmonnait, grognait, ressassait à voix basse, encore et encore. Le jour naissait et toujours pas de Jeanne ! Telle une moins que rien, sa fille ne pouvait que se trouver dans le lit de son infirme roux. Ce sale rouquin mâle, créature du diable comme tous les autres, ne devait savoir réfréner ses appétits bestiaux. Il avait dû lui faire subir des choses irracontables. Jacques et elle n'auraient jamais dû la laisser sortir. C'était Joaquin Droiteval qui avait raison. Mais avec un mari mollasson, que pouvait faire une malheureuse mère, face à une fille qui à la moindre réprimande se transformait en un chat furieux, feulant et griffant ? Un horrible bébé rouquin viendrait. Adieu l'honneur des d'Arc. Ils seraient mis au ban des villageois, accablés d'opprobre, traînés dans la fange, toute fierté disparue ; à l'approche de la cinquantaine, ils devraient quitter Domrémy, aller vivoter le plus loin possible, non plus comme propriétaires mais comme de misérables serfs. Leur fille aura fait que leur vieillesse ne sera que misère et chagrins. Et ce Jacques qui cuvait son vin de Moselle ! Elle vint lui tambouriner sur le ventre.

– Vas-y ! Dors bien, insouciant !

Jacques mit un certain temps à se rendre compte que ce n'était pas un cauchemar qu'il venait de faire, mais Isabelle qui lui avait tapoté la bedaine. Il s'assit dans son lit en bredouillant.

– Tu sais que tes insomnies me fatiguent ?

– Si tu te réveilles pour être désagréable, tu peux te rendormir.

Jacques lui promit que, depuis leur mariage, il y avait maintenant vingt-deux ans, son sommeil léger l'avait toujours soucié. À ce que disait son père, sa mère avait été comme elle. Si les infusions de tilleul au coucher n'y pouvaient rien, lui, qu'y pouvait-il ? Pourquoi pas essayer la verveine ? Isabelle ricana.

– Tu as toujours été comme ça, tu ne changeras jamais ; dès que quelque chose t'embête, tu éludes.

Jacques songea à pousser plus avant l'échange, mais il savait par expérience que lorsque sa femme tenait un bon sujet de querelle, elle s'y cramponnait jusqu'à la reddition de l'adversaire. Et puis, s'énerver lui aurait donné grand-peine à se rendormir. Il se renfonça sous les couvertures, tout en lui parlant avec douceur afin d'éviter que l'incendie ne reprenne.

– Le jour se lève. Je vais redormir un peu. Dis-moi, je pense à une chose, est-ce que Jeanne est rentrée ?

19

C'est dès potron-minet que Jacques et Isabelle s'apprêtaient à partir pour le marché. Leurs deux brouettes débordaient de toute une variété de légumes récoltables en hiver. Ne manquait plus que la cage aux lapins, qu'elle partit chercher au fond du potager. L'attendant, Jacques demeurait à la fois songeur et ébranlé par la violente dispute qui venait d'exploser au lever du jour. Selon Isabelle, il était totalement exclu que Jeanne les déshonore en accouchant d'un bébé hors mariage, alors que pour lui il était totalement exclu qu'il séquestre leur fille à la maison. Isabelle avait raison, Jacques avait raison. Chacun de ces deux têtus ayant raison, c'était typiquement le genre de conflit qui ne pouvait s'éteindre. Tenter d'orienter une fille classique dans ses amours relevait d'une absurde présomption ; avec Jeanne, cela revenait à tenter d'enfoncer la porte d'une citadelle avec sa tête pour bélier.

Que faire ? À qui demander conseil ou arbitrage ? Joaquin Droiteval, qui n'avait jamais eu d'enfant mais était prompt aux conseils, trouverait toujours une solution ; l'ennui c'était qu'elle serait imbécile, comme d'habitude. Quant à l'abbé Séroux, il fallait impérativement le tenir hors du drame, parce qu'en cas de coup dur Jacques avait ourdi un plan ultra-secret, à tel point secret qu'il l'avait même caché à Isabelle. Par ouï-dire – ce genre de choses que les hommes se chuchotaient dans la pénombre des estaminets –, il savait qu'à Neufchâteau exerçait une sorcière, une certaine Éliette Chermisey, qui savait faire « passer » les indésirables. Évoquer l'idée à l'abbé Séroux, c'était se condamner à un blâme, à recevoir une lourde pénitence en raison de pensées qu'il était interdit d'avoir. Ce ne serait pourtant pas le prêtre qui élèverait l'enfant, mais bon…

Isabelle revint du clapier. Elle sanglotait, incapable d'articuler le moindre mot. Il passa sur leur dispute, il la serra dans ses bras, l'étreignit sur sa poitrine. Il la câlina comme une petite enfant chagrine, lui affirma que tout problème trouvait une solution. Elle contint un instant ses sanglots et finit par lâcher :

– Il n'y a pas de solution.

Il ne pouvait pourtant pas la rassurer en lui apprenant qu'il songeait à un recours éventuel auprès de la sorcière de Neufchâteau. C'était prématuré. Isabelle était très pieuse, il savait qu'elle repousserait l'hypothèse d'une telle intervention avec horreur et le regarderait comme un monstre d'y avoir pensé. Alors que plus tard… plus tard, une fois mise devant le fait accompli, découvrant sa fille enceinte et redoutant plus que tout l'opprobre qui s'ensuivrait, elle accepterait que l'on emmène Jeanne chez la sorcière. Après ce gros péché mortel, Jeanne aurait recours à la confession, sorte de remise à zéro du compteur de péchés. Pleurant plus fort, elle lui apprit enfin la raison de ses larmes.

– Ils ont fichu le camp. La porte était mal fermée.

Incroyable ! La malheureuse Isabelle était terrassée de chagrin pour trois lapins enfuis. Des broutilles ! Jacques comprit que Jeanne, par sa conduite immorale, avait déglingué le mental de sa mère. Les nerfs à vif, la pauvre habituellement solide craquait à présent pour des bricoles.

La carriole fit chanter le gravier. Les supposés amants étaient de retour. Le quittant, Jeanne embrassa Macaire d'une manière tout à fait chaste. Jacques et Isabelle virent là une de ces détestables roublardises qu'adoptaient les couples clandestins. Puis, surprise ! Jeanne courut les embrasser, oui, les embrasser, eux, elle qui n'embrassait qu'aux anniversaires, et encore, du bout des lèvres ! Méconnaissable, elle souriait. Une expression que les parents découvraient chez elle. L'éternelle taiseuse se fit loquace. Elle ne pouvait s'empêcher de leur faire part de l'exceptionnel échange qu'elle avait eu avec Christine de Pizan, sans pour autant éprouver la nécessité de la nommer. Effarés, pensant qu'elle faisait allusion à Macaire ainsi qu'à leurs ébats, les parents crurent qu'elle les narguait d'une manière éhontée, qu'elle leur racontait la perte de sa virginité avec une impudeur inouïe, ainsi qu'un enthousiasme plus qu'embarrassant.

– Cette nuit m'a fait un bien fou ! J'ai appris plein de choses dont j'ignorais l'existence. Je ne verrai plus jamais la vie, ma vie, de la même façon. On m'a ouvert les yeux, j'ai entendu des mots que je rêvais d'entendre sans même les connaître. C'est une nuit qui restera à jamais gravée dans ma mémoire.

Jacques hurla :

– TAIS-TOI !

Les jambes d'Isabelle flageolèrent, elle s'effondra dans les carottes.

Jeanne se raidit. Regretta de leur avoir parlé. Retint ses larmes. Elle eut le sentiment d'être née d'un couple d'étrangers. Éperdue, elle fonça à l'église Saint-Rémy.

Elle y tomba sur l'abbé Séroux qui, à quatre pattes, armé d'un bâton, tentait de déloger son chat de derrière la colonne qui supportait les fonts baptismaux. L'animal avait la détestable habitude d'en boire l'eau bénite. Impossible de le raisonner. Jeanne se mit à rire nerveusement, puis fondit en larmes. L'abbé Séroux la pria de le suivre à la sacristie pour qu'elle lui fasse part de ses misères. Un fidèle venait de lui offrir un de ces petits alcools de mirabelle à se rouler par terre qui lui remettrait le moral à niveau. Il ajouta avec un clin d'œil malicieux qu'il l'accompagnerait, par politesse. La prenant par les épaules, il l'entraîna à la sacristie.

Elle apprit au prêtre qu'elle avait rencontré par hasard une femme que l'on pouvait qualifier de grande. Elle lui avait ouvert les yeux sur la vie, sur les hommes, sur elle-même. Il s'agissait d'une sorte d'éveil, de prise de conscience de son honorable statut de femme auquel elle n'avait jamais songé jusque-là. Faute de culture, ses parents ne lui avaient pas inculqué ces notions. Afin de les rassurer, elle avait tenté de leur dire qu'elle ne saurait leur reprocher de lui avoir caché la dignité de l'état de femme. Ce n'était pas leur faute, ils vivaient selon des notions appartenant aux temps anciens, des convictions n'ayant jamais évolué, des principes ancestraux auxquels il leur était interdit de déroger. Elle voulait leur assurer que cette sorte de seconde naissance n'altérait en rien son amour pour eux…

… et son père lui avait hurlé de se taire.

Ses larmes redoublèrent. L'abbé Séroux réfléchit un instant avant de lui livrer son sentiment. Puis il lui tint la main, l'air pénétré, et après une lampée de mirabelle il lui murmura d'une voix doucereuse :

– Tu sais, saint Joseph et la Sainte Vierge ont dû être très tristes aussi quand ils ont constaté que leur petit Jésus avait mûri.

Jeanne proposa à l'abbé Séroux de l'aider à rattraper son chat.

Tandis qu'elle sortait de l'église, un cavalier passait. Elle le reconnut. C'était Salvin de Bouloire, le messager qui était venu informer Christine de Pizan à la taverne Chez la Rousse. Puisque Christine de Pizan était plus ou moins brouillée avec Robert de Baudricourt, il se rendait au château de Vaucouleurs pour lui apprendre l'état des troupes françaises au siège d'Orléans. Soucieuse des événements, Jeanne le héla.

Le messager mit pied à terre ; il se souvenait fort bien de Jeanne, la nuit passée, à la taverne Chez la Rousse. Il lui jura que, de sa vie, il n'aurait pu oublier son adorable minois. Il la revoyait, ses beaux yeux écarquillés, écoutant parler Christine de Pizan toute la nuit. Ne dormait-elle donc jamais ? questionna-t-il avec un clin d'œil salace. Ce devait être épuisant pour son bel ami doux – elle ne pouvait qu'en avoir un, vu ses deux mignons petits melons jumeaux qui tremblotaient dans son décolleté, déclara-t-il, histoire d'avoir le plaisir de la voir rougir. Ce qui fut en pure perte. Jeanne haussa les épaules et le pria de lui raconter ce qui se passait à Orléans, au lieu de perdre son temps en fadaises.

Salvin de Bouloire s'amusa, jamais ne lui serait venu à l'esprit qu'une belle jeune fille comme elle pût faire preuve d'intérêt pour autre chose que les questions domestiques ou le *baby-sitting*, comme disaient les Anglais.

Jeanne serra les dents pour s'empêcher de relever. Selon lui, un événement récent de bon augure prenait forme. Sur la rive de la Loire en face d'Orléans, les Anglais avaient investi les ruines du couvent des Capucins, que les naïfs Orléanais avaient détruit en imaginant gêner leur progression. Pas le moins du monde ! Ils y avaient mis en batterie un énorme canon nommé « Passe-Volant ». Cette pièce projetait des boulets de vingt-huit livres sur les remparts. Il ne manquerait pas de les écrouler sous peu et de leur ouvrir le passage dans la semaine qui arrivait. Les vingt mille Orléanais auraient intérêt à se carapater pour ne pas être tous passés au fil de l'épée ou envoyés au bûcher. (Les Anglais disaient « *barbecue* », pour rire.) Cette ville une fois tombée, il ne leur resterait plus qu'à vaincre le dernier château défendant un pont sur la Loire : il se trouvait à Angers. Mais cela ne devrait pas poser trop de problèmes, il était commandé par une bonne femme, Yolande d'Anjou.

Exaspérée, Jeanne lui dit qu'elle avait à faire, elle devait le quitter. Le messager déclara qu'il ne partirait pas sans un bisou. Il s'était arrêté pour l'informer, ça se payait. Et puis, c'était elle qui l'avait hélé, il se doutait fort bien que faire semblant de vouloir savoir ce qui se passait à trois cents lieues n'était qu'un prétexte pour l'aguicher, lui, le beau messager de passage. Avec cette guerre il ne devait pas y avoir pléthore de mâles dans la région. Il la devinait en manque. N'y avait-il pas de grange à proximité ?

Comme il la saisissait par la taille pour l'embrasser de force, elle décocha un coup de genou à ses pendeloques dont, comme tous ses congénères, il s'enorgueillissait sans avoir rien fait pour les obtenir. À la suite de quoi elle l'agrippa par le fond du pantalon et l'arrière du col. Lui faisant faire une centaine de pas en course à l'échalote, elle le bascula pour finir dans la vasque de la fontaine au cœur de la place.

Une joyeuse clameur monta. En ce jour de marché, les Domrémois vibrionnaient en tous sens sur la place ainsi que des fourmis dérangées. Au son du gros *plouf*, on applaudit, et plus particulièrement les villageoises qui approuvaient que l'une d'entre elles osât ainsi traiter un mâle en rut. Sortirent du groupe le forgeron Heckart Hardt et sa fille Mathilde. Cette dernière exultait. Jeanne venait de mettre à profit, d'une façon brillante, les cours d'arts martiaux qu'elle lui avait autrefois prodigués. Elle s'avança, l'embrassa. Quant au père, ce géant barbu de type viking, il vint faire une génuflexion en se signant devant la frêle Jeanne. Il était resté sur le souvenir de la « stratégie du pont », lorsque Jeanne, pour se débarrasser de lui, avait affirmé qu'elle lui avait été inspirée par le Ciel.

Le messager, piteux comme un chat mouillé, s'extirpa de la vasque. Il enfourcha son cheval et fila vers Vaucouleurs.

Rires et bravos redoublèrent. Mieux valait ne pas y toucher, à leur Jeanne.

20

On fêterait Noël dans quinze jours. C'était le moment dans l'année où, en tant que doyen du village, Jacques avait pour mission de collecter la dîme chez chaque Domrémois. Il venait de s'en acquitter. Isabelle l'avait aidé à placer le lourd coffre d'écus dans leur carriole. Pompon patientait dans les brancards. Ils attendaient les six habituels soldats armés qui les escorteraient jusqu'au château de Vaucouleurs.

Isabelle prenait toujours plaisir à être du voyage. La routine voulait que, pendant que Robert de Baudricourt recevait son mari pour qu'il lui remît son dû et lui rendît compte des événements qui animaient Domrémy, sans omettre de lui faire part des doléances, elle en profitât pour écumer les échoppes de la ville et s'offrir quelques menus colifichets que Jacques ne manquerait pas de lui reprocher au retour. Elle prenait aussi plaisir à découvrir *la* pièce d'étoffe qui permettrait à Jeanne de lui coudre la robe que personne ne portait encore au village.

Les six cavaliers en armes parurent enfin. Jacques pria Isabelle de le rejoindre dans la carriole. Elle refusa. Pas aujourd'hui, dit-elle, elle se sentait lasse. Lasse? Elle rougit. Mensonge? Jacques se retint de la questionner devant les gardes. Elle le pria d'avoir l'amabilité de lui rapporter la pièce d'étoffe qu'elle avait commandée la dernière fois à l'échoppe Aux ciseaux d'argent. Il claqua de la langue pour activer Pompon. Il s'éloigna en grommelant. Que pouvait bien dissimuler cette prétendue lassitude ?

Au même instant, au pas lent de ses moutons, Jeanne suivait la berge d'une Meuse prisonnière sous la glace. Le givre chantait sous la semelle. Sur la vallée livide luisait une boule orange, posée sur les collines, qui perçait la nue à grand-peine. Ces paysages, décors de son enfance, elle en découvrait seulement maintenant la subtile harmonie, alors qu'elle les avait eus sous les yeux depuis toujours. Menant son troupeau, elle rêvassait. Elle laissait une pensée agréable émerger pour aussitôt se dissoudre à la survenue d'une autre tout aussi plaisante. Comme flottante, elle se sentait d'une quiétude jamais vécue jusqu'alors, lui semblait-il. D'où pouvait bien lui venir cette grâce ? À y réfléchir, ça devenait évident. La divine Providence, avec Macaire pour héraut, lui avait fait rencontrer Christine de Pizan. Le choc. Cette femme l'avait sortie de sa chrysalide. On l'avait jusque-là ignorée, elle se découvrait. Elle se sentait digne d'intérêt non plus bien que femme, mais parce que femme.

Elle n'en revenait pas. Elle avait éveillé l'attention d'une célèbre écrivaine, amie du duc de Bourgogne et d'Isabeau de Bavière, la mère du dauphin Charles ! Et c'était cette personne-là qui lui avait prédit un avenir loin de Domrémy. Merveilleux augure certes, mais le départ serait pour quand, et pour où ? Elle ne jouissait d'aucun réseau ici. Une idée folle lui vint. À Paris, Christine de Pizan côtoyait les grands de ce monde. Ceux dont s'entouraient Isabeau de Bavière et Philippe le Bon, courtisans et nobles, devaient tous se soucier au plus haut point de leur apparence. À Domrémy, tous avaient toujours loué son talent pour les travaux d'aiguille. Christine de Pizan ne pourrait-elle la présenter à la Cour comme une excellente couturière à embaucher ? Ce serait gloire et fortune. Il faudrait lui soumettre l'idée lors de leur prochaine entrevue.

Toutefois, si jamais sa « mentoresse » approuvait l'idée de l'emmener à Paris pour y réussir dans la couture, une ombre au tableau apparaîtrait. Il lui faudrait pouvoir vivre loin de Macaire Burey. Et là, y songeant, elle anticipait un chagrin qu'elle ne saurait supporter. Lui revint en mémoire qu'elle l'avait surpris récitant à haute voix ce lai qu'il était en train d'apprendre :

Ensemble peuvent bien durer.
Mais qui les veut ensuite désunir
Le coudrier meurt bien vite
Et le chèvrefeuille avec lui.
Belle amie ainsi est de nous
Ni vous sans moi, ni moi sans vous.

Ce chèvrefeuille et ce coudrier inséparables, n'était-ce pas en imaginant un couple semblable au leur qu'une poétesse les avait décrits ? N'était-ce pas en pensant à eux deux que Macaire l'apprenait par cœur ? Bien sûr, il ne l'aurait jamais avoué. S'il échangeait volontiers sur ses idées, jamais il ne s'épanchait sur ses sentiments. Elle n'aurait su lui en vouloir, elle aussi gardait pour elle ce qui lui faisait battre le cœur plus rapidement. La dernière fois avait été ce soir récent où il l'avait emmenée à la taverne Chez la Rousse pour rencontrer Christine de Pizan. Dans sa carriole, ils avaient voyagé sous une couverture en peaux de loups. Le gel mordait doigts et oreilles. Réalité qui allait pourtant de soi, elle avait découvert qu'il était chaud. Mais d'une chaleur plus chaude que les autres. Celle-là pénétrait sa peau pour lui enflammer l'intérieur. Ce qui n'était pas une chose à avouer à un garçon. Quoique le tempérament de Macaire différât de celui de ses congénères mus par leurs seuls instincts. On moquait sa douceur, que l'on qualifiait de féminine. Féminine ou pas, cette douceur-là isolait Jeanne de la froidure du monde. Elle s'y pelotonnait. Il n'y avait qu'un Macaire sur terre et l'idée de le perdre lui fit monter les larmes.

Il lui fallut s'extraire à contrecœur de ses rêveries. On venait vers elle sur le sentier qui ourlait la Meuse. C'était… oui, c'était bien sa mère qui se rapprochait. Quelle mouche pouvait bien l'avoir piquée ? Jamais elle ne venait dans les pâturages. Jeanne fit un effort pour que son visage ne trahît pas sa contrariété.

D'emblée, Isabelle adopta un ton tout sucre tout miel qui ne lui était pas familier. Elle aligna quelques platitudes sur l'hiver rigoureux, la bonne santé des moutons et la couleur de la houppelande que portait Jeanne. Ces observations ne réclamant pas de réponse, elles restèrent un instant silencieuses. Isabelle finit par rouvrir la bouche :

– Ton père est à Vaucouleurs.

Et alors ? Il s'y rendait plusieurs fois par mois, la nouvelle n'avait rien de surprenant. Faute de réplique de Jeanne, elles marchèrent un bon moment en silence ; puis, s'arrêtant, Isabelle reprit.

– Tu es femme aujourd'hui, et moi depuis longtemps.

Jeanne se retint de sourire. Voilà une grande nouvelle qui méritait le déplacement ! Elle devina que cette évidence devait être un petit propos liminaire, histoire de faire passer une suite difficile à dire. Qu'avait-elle donc commis qu'elle ne pouvait lui reprocher devant son père ? Malicieuse, elle attendit la suite sans broncher, ça l'amusait de voir sa mère ramer. Elle n'attendit pas longtemps.

– Comment dire... Tu viens de passer une nuit avec ce Macaire... et...

Jeanne bondit.

– Jamais de la vie ! J'ai passé la nuit entière à recevoir les conseils d'une femme de haut niveau qui s'appelle Christine de Pizan. Je vous l'ai raconté en long et en large, mais vous n'écoutez jamais quand je vous parle. Heureusement qu'aujourd'hui je m'en moque.

– Ta-ta-ta... ne te fatigue pas... J'ai cinquante ans, tu sais ?

– Je sais. Pour moi, ça veut dire que tu as eu plus de trente années d'avance sur moi pour accumuler des pensées tordues.

Le ton monta de plusieurs crans. Isabelle se mit à hurler :

– Et voilà ! Profitant de l'absence de ton père, je suis venue en mère aussi prévenante que complice, et en guise de récompense je reçois quoi ? Des paroles qui sont une poignée de graviers en pleine figure. Je ne te parlerai plus jamais. JAMAIS !

En larmes, elle amorça le geste de s'en retourner. Jeanne la retint par la manche.

– Je t'écoute, maman.

– Je voulais te dire que si un coup dur survenait, il faudrait te confier sans crainte et en toute franchise à ta maman. Je sais par ouï-dire – ce genre de choses que les femmes se chuchotent dans la pénombre du lavoir –, je sais qu'à Neufchâteau une certaine sorcière sait faire « passer » les indésirables. Mais n'en touche pas mot à ton père. Chrétien comme il est, il ne comprendrait pas.

Jeanne resta bouche bée. Quelle horrible idée ! Au village, sur des suppositions invérifiées, on la surnommait « la Pucelle ». Étiquette d'une telle indélicatesse qu'elle aurait rêvé qu'elle se décollât. Et voilà que sa mère, sur des suppositions tout autant invérifiées, l'imaginait déflorée. Mais qu'avaient-ils donc tous à se préoccuper de sa virginité ? Aurait-on eu la même curiosité malsaine si elle avait été un garçon ? Christine de Pizan avait tout à fait raison, sur terre il existait deux poids, deux mesures. Heureusement que *La Cité des dames* changerait les choses une fois paru, mais on n'y était pas. Pour l'instant, sermonner sa mère n'aurait servi à rien. Elle était trop engluée dans ses pensées d'un autre temps. Elle y pataugerait jusqu'à la fin de ses jours. En guise de réponse, Jeanne se contenta de hausser les épaules. Les deux se quittèrent avec la certitude que c'était perdre son temps d'échanger l'une avec l'autre.

C'est avec bonheur et tristesse que Jeanne regarda sa mère s'éloigner. Peu après, le forgeron Heckart Hardt parut sur le même sentier. Sa petite charrette à ridelles supportait deux socs de charrue qu'il allait livrer à Neufchâteau. Quand il aperçut Jeanne, il stoppa tout net son attelage et vint vers elle en se signant. Lui faisant face, il s'agenouilla. Il tenta de lui baiser les pieds, mais Jeanne fit un pas en arrière. Restant à genoux, le géant barbu supplia :

– Jeanne, ma vue baisse de façon alarmante. Sous peu, je ne pourrai plus travailler. Impose-moi tes saintes mains sur la tête.

Quelle idée se faisait-il d'elle ? Que répondre ? Que faire ? Si elle pratiquait l'imposition des mains, cela n'empêcherait nullement sa cécité d'arriver. Il se persuaderait alors qu'elle n'aurait pas prié, ou mollement. Si elle refusait, il serait convaincu qu'elle ne voulait pas mettre sa relation privilégiée avec Dieu à son service. Mieux valait se débarrasser du problème par la franchise.

– Mon pauvre Heckart, je ne suis pas la sainte que tu crois. Si je vous ai montré le ciel, à toi et ta fille, pour vous dire que ma « stratégie du pont » m'avait été inspirée par Dieu, c'était pour me débarrasser de vous. Les pillards arrivaient. Ce n'était pas le moment de bavarder.

Heckart Hardt se releva, hors de lui.

– Pourquoi mens-tu, Jeanne ? Pourquoi me refuser ta bénédiction ? Je sais qui tu es. Une prophétie court la campagne. Une femme que je ne puis nommer me l'a apprise. Les pères la tiennent des grands-pères. On se la murmure aux veillées. Elle prédit qu'une vierge venue des marches de Lorraine boutera les Anglais hors de France. Cette sainte, je sais que c'est toi.

Le géant était si sûr de lui, si suppliant qu'elle lui fit l'imposition des mains. Sur l'instant, elle lui fit un bien fou. Après…

Lasse, elle se laissa choir sur une souche de saule. Ces méprises l'avaient secouée. Coup sur coup, on la prenait pour celle qu'elle n'était pas. Sa mère s'imaginait qu'elle péchait avec le pur Macaire et Heckart la croyait sainte. Il aurait été vain de tenter de leur extirper de la tête ce qu'ils croyaient mordicus. Elle était assez grande pour savoir que là où l'émotion régnait, la raison achoppait.

Elle se remettait à peine de ces désagréments qu'une chose beaucoup plus grave monta à l'horizon. Au nord-est, à une lieue, au pied de la colline de la Robe, tournoyaient de grosses volutes de fumée noire. Le village de Maxey brûlait. C'est en larmes qu'elle tomba mains jointes, à genoux. Jusqu'à quand Dieu les ferait-il souffrir ? Qu'avaient donc commis les Français pour subir un châtiment qui durait depuis bien avant l'année de sa naissance ?

Hoquetant, elle pria de toute son âme, de tout son cœur pour que les Anglais perdent la guerre et retournent dans leur île.

21

Noël. Minuit. La messe. Il y avait bien plus de cierges qu'à l'accoutumée. Les volutes d'encens tournoyaient jusqu'aux arcs en plein cintre. Les fidèles de l'église Saint-Rémy se serraient tels des harengs dans une caque. Un de plus n'aurait pas tenu. Dans de jolies robes, de jolies jeunes filles chantaient de jolis cantiques. Si Jeanne n'appartenait plus à la chorale, c'était que l'abbé Séroux lui avait suggéré que ce serait plus harmonieux ainsi.

Jeanne s'était placée entre ses parents. Ce qui lui épargnait d'avoir à supporter les commentaires égrillards que Joaquin Droiteval chuchotait à son père sur les femmes. Comme absente, son attention se portait sur une statue de granit trônant à l'extrémité de leur rang, à l'appui d'une colonne. C'était une sculpture à l'effigie de sainte Catherine, sainte qu'elle aimait beaucoup. La pauvre n'avait pas eu une vie rigolote, l'abbé Séroux la lui avait racontée par le menu. Même si l'histoire s'était passée mille ans auparavant, ça faisait quand même froid dans le dos. La malheureuse vivait en Égypte. Y habitait également un certain Maximin, empereur romain à plein temps. Profitant de son statut, la brute avait tenté de lui faire renier sa foi en un Dieu unique. Bonne chrétienne, elle l'avait envoyé aux pelotes. D'un tempérament peu amène, il lui avait fait lacérer les chairs avec un croc en fer, puis l'avait jetée en prison et privée de nourriture pendant douze jours. Par chance, des anges bienveillants y avaient pourvu. À sa levée d'écrou, manquant totalement de jugeote – il était un militaire sorti du rang –, le Maximin lui avait proposé de devenir sa maîtresse. Le lourdaud négligeait le fait qu'il l'avait fait torturer et qu'il était marié ! Réaction aisément compréhensible, Catherine lui avait pouffé de rire au nez. Empereur, donc peu habitué aux râteaux, il avait fait passer Catherine sur une roue pourvue de crocs en acier qui lui avait transformé le corps en carottes râpées. Enfin, n'ayant aucun sens de la mesure, pour parachever ses sévices il l'avait fait décapiter. On racontait que de son cou ne coula pas du sang, mais du lait. Jeanne se demanda si les prêtres n'avaient pas enjolivé la fin de l'histoire pour finir sur une chute sympathique.

Quelque chose la tarabustait. L'attitude de Dieu était incompréhensible, il semblait prendre un malin plaisir à pourrir plus qu'aux autres la vie de ses meilleurs fidèles : les saints. Fallait-il souffrir le martyre pour entrer dans le cercle très restreint des canonisés ? Flagellation, castration, question, crémation, décapitation : aux dires de l'abbé Séroux, c'était le sort privilégié, l'antichambre du paradis, que Dieu leur réservait. On ne pouvait pas dire que le Seigneur chouchoutait ses plus ardents adorateurs. C'était à vous couper l'envie de faire des efforts pour tenter de concourir à la canonisation. Si Mathilde et son père se l'imaginaient sainte, c'était bien gentil, mais elle n'en avait aucunement le profil. Certes elle était vierge, ce qui comptait dans un CV, mais elle avait dérogé à plusieurs reprises au commandement « Tu ne tueras point » lors de l'attaque du pont. En toute logique, une guerrière ne pouvait être à la fois sainte et tueuse. Quel exemple c'eût été, à qui se fier? Il lui faudrait questionner l'abbé Séroux sur ce point.

Enfin on chanta *Ite missa est.* On sortit de l'église, on se rassembla. Pour le réveillon, les d'Arc avaient invité Joaquin Droiteval, ainsi que les Maurimont, fournisseurs de bois, l'insolence de Jeanne envers leur fils étant oubliée. Le trio se composait d'Adelin le père, Conrad le fils et Bérangère, épouse d'Adelin. Elle dépassait tout le monde d'une tête et, si elle était loin d'être jolie (quasiment disgracieuse), elle avait cependant le grand mérite d'être robuste, qualité inestimable pour une femme qui doit livrer des stères de bois et donner un coup de main à son mari. Elle arborait un sourire permanent qui aurait pu faire penser à une forme de paralysie faciale. Il n'en était rien, elle faisait tout simplement semblant de comprendre ce qui se disait. Un peu comme on sourit par courtoisie lorsqu'on écoute parler un étranger dont on ignore la langue. Et Conrad, son très beau jeune homme de fils, tenait de maman quant à la compréhension de faible intensité. Peu auparavant, Jeanne avait provoqué un conflit interfamilial en l'envoyant sur les roses lorsqu'il lui avait demandé pour quelle raison on la surnommait « la Pucelle ». La maladresse était aujourd'hui oubliée.

Jeanne fut ravie de leur dire qu'elle était désolée. Elle serait privée de l'immense plaisir de réveillonner avec eux, elle était navrée de s'être engagée de longue date auprès de Macaire Burey… Elle prenait Pompon pour se rendre à la taverne Chez la Rousse. Jacques jura comme on ne devrait pas le faire au sortir d'une messe de Noël.

Alors qu'elle ouvrait la porte de la taverne Chez la Rousse une clameur la saisit :

– On va gagner ! On va gagner ! On va gagner !

On scandait, on exultait, l'assistance donnait libre cours à sa joie. Un tel enthousiasme pour fêter Noël sembla hors de proportion à Jeanne. Elle s'en enquit auprès de Macaire qui, tout heureux, lui en donna la raison. Elle ne l'avait jamais vu aussi excité.

– Colet de Vienne est venu d'Orléans d'une traite, il ne réveillonne pas. Épuisé, il est parti se coucher. Dieu est enfin avec nous, le comte de Salisbury a pris un boulet en pleine poire.

Jeanne aurait aimé savoir qui était ce comte pour partager la joie de son ami, ainsi que celle de l'assistance. Macaire ne se fit pas prier pour le lui apprendre.

– Il commandait le siège d'Orléans. Je dis bien : il commandait. Son nom est Thomas Montaigu, c'était un sanguinaire qui tuait tous ses prisonniers. Il était déjà face à nous à Azincourt, quand tu avais trois ans. Depuis, ce maudit bonhomme nous a fait perdre beaucoup d'autres batailles, entre autres à Caen, à Rouen et à Verneuil, en Normandie. Il a eu la bonne idée de venir inspecter ses troupes. Pour jouir des pertes qu'il nous infligeait, il est monté au sommet de la forteresse que les Rouquins ont conquise. Et boum ! depuis la tour Notre-Dame, un Orléanais ne l'a pas raté, avec sa couleuvrine.

– Qu'est-ce que c'est qu'une couleuvrine ? demanda Jeanne.

– C'est un petit canon à main. On s'en sert beaucoup sur les remparts, répondit Macaire.

Mais Jeanne ne l'écoutait plus. Elle se revoyait au bord de la Meuse gelée, quinze jours auparavant.

Horrifiée en découvrant que l'on avait attaqué et brûlé le village de Maxey, elle avait prié pour que les Français remportent enfin la victoire. Elle se souvenait fort bien qu'elle n'avait pas prié du bout des lèvres, récité d'une façon machinale comme il lui arrivait parfois de le faire. Sa supplique, elle l'avait adressée de toute sa personne, du fond de son ventre, de son cœur, de son âme. Et voilà que le comte de Salisbury prenait un boulet en pleine tête ! Dieu l'avait donc entendue. Il lui avait envoyé son cadeau de Noël. Cela exigeait une généreuse action de grâces. Elle s'y consacrerait demain matin dès son réveil.

Néanmoins, qu'elle eût été entendue lui posait plusieurs questions qu'il lui faudrait adresser à l'abbé Séroux : pouvait-on prier pour que quelqu'un meure et être exaucée ? Parce que, même si c'était un Anglais, c'était tout de même une personne. Autre question : les saints exaucés comme elle par retour de prière savaient-ils qu'ils étaient saints ? On s'appréciait toujours mal soi-même, d'autant que, selon l'avis général, les saints, tout comme elle, étaient tous des gens fort modestes. Ils n'étaient pas grosse tête pour un écu*.

Et si Mathilde et son père Heckart Hardt avaient vu juste ? Lorsque le bon forgeron à l'allure de Viking s'était agenouillé devant elle pour obtenir la guérison de sa cécité croissante, n'était-ce pas en pleine connaissance de cause ? Par curiosité, il faudrait qu'elle lui demande s'il sentait un mieux à sa vue, après la bénédiction. Il avait fait allusion à une prophétie qu'on se confiait lors des veillées. Celle-ci prédisait qu'une vierge venue des marches de Lorraine bouterait les Anglais hors de France. Or elle était modeste. Elle était vierge. Elle était de Domrémy, dans les marches de Lorraine. Alors ? Allez savoir. C'était confondant.

Un jeune paysan qui louchait sur Jeanne vint s'asseoir à leur table. À présent, ils étaient quatre : le nouveau venu, Macaire, Jeanne et Christine de Pizan. Elle écouta le jeune homme, en demeurant très distante. Il se montrait aussi bien informé qu'optimiste. Ses informations, il les tenait des messagers du comte de Gondrecourt, ardent partisan des Bourguignons, ces collabos amis des Anglais. Il leur livra tout ce qu'il savait, heureux d'étaler son savoir devant Jeanne.

– Les Rouquins ne vont plus tarder à lever le camp. Les caisses du régent d'Angleterre sont vides. Paysans et soldats se révoltent. Il est aussi mal vu en France qu'au-delà de la mer. Il ne peut plus payer ses troupes. Ça déserte à tout-va. Il mendie des fonds en Angleterre et le duc de Bourgogne se demande s'il ne va pas décrocher. Tout le monde a le moral dans les poulaines. Ils n'ont que cinq mille soldats où il leur en faudrait le double. On en veut pour preuve qu'ils ne peuvent même pas encercler totalement Orléans. Le nord-est est libre d'accès. C'est-à-dire que les Orléanais peuvent recevoir autant que nécessaire leurs vivres, les flèches et la poudre à canon. Les Rouquins déchantent en découvrant que le siège peut durer jusqu'à la Saint-Glinglin. Ils ne vont pas tarder à abandonner la partie et rentrer dans leur île.

À la surprise de la tablée, Jeanne se mit à pleurer. C'était d'émotion. Elle refusa d'en donner la raison. Elle voulait garder pour elle le merveilleux secret : Dieu l'avait exaucée ! Et bien au-delà de ses espérances. Elle se sentit dans les petits papiers du Créateur. Voilà qui était réconfortant.

Christine de Pizan en avait assez entendu. Elle fit signe à Jeanne de la suivre dans sa roulotte. Elle souhaitait quitter la fête pour lui faire part de son opinion, elle se refusait à jouer les rabat-joie un soir de Noël. Elle commanda deux pintes de bière.

Parvenues à sa roulotte, avant de commencer à parler, Christine de Pizan but une lampée de bière, après quoi elle émit un long soupir las. Elle avait observé le bonheur dans les yeux de Jeanne attentive aux propos du jeune homme. Elle ne voulait pas qu'elle se berce d'illusions. Il semblait bien informé, mais les événements ne tourneraient pas dans le sens de ses prévisions. Il faudrait que Jeanne se résolve à la croire, elle. L'heure était à l'objectivité ainsi qu'à la franchise. Également au courage, pour regarder la vérité en face.

– Connais-tu le mot des Anglais, « *loser* » ? Je vois que non. Ça signifie « perdant ». Le dauphin Charles est un éternel *loser*. C'est la raison pour laquelle je vais présenter mon livre *La Cité des dames* à sa mère Isabeau de Bavière ainsi qu'à Philippe le Bon, et non pas à lui. Chassé de Paris, il se terre à Bourges depuis dix ans. On se moque de lui, on l'appelle « le petit roi de Bourges ». Il y a huit ans, il s'est fait rouler dans la farine lors du traité de Troyes, qui a livré la France aux Anglais. Son royaume lui est passé sous le nez. Il y a cinq ans, il a perdu la bataille de Cravant, six mille Français morts. Constant dans l'échec, il a perdu un an plus tard la bataille de Verneuil. Résultat, six mille nouveaux morts et blessés. Sans compter une rançon de quatorze mille livres. Aujourd'hui, il n'a plus d'argent pour recruter. Tous les hommes dépriment. D'ici à une semaine ou deux, l'énorme canon anglais Passe-Volant effondrera les remparts, Orléans sera prise. Je ne veux pas te faire de chagrin, gentille Jeanne, mais pour moi, le dauphin Charles a trop l'habitude de perdre pour gagner à Orléans. *Loser* il est, *loser* il restera.

Jeanne pria Macaire de l'excuser, elle rentrait à Domrémy sur Pompon. Qu'il reste si ça lui chantait. Elle n'avait plus le cœur à réveillonner. Elle se prétendit fatiguée. Elle médita sur son cheval durant tout le retour. Ainsi, sa prière avait été vaine, Orléans serait prise. Sur quels critères Dieu se fondait-il donc pour faire gagner une fois un camp, une fois l'autre ? À l'issue de cette maudite guerre, comment choisirait-il le vainqueur ? Le chemin de Neufchâteau à Domrémy se révéla trop court pour trouver une réponse.

22

Isabelle avait déroulé la pièce d'étoffe achetée par Jacques à Vaucouleurs. Il avait eu grand temps de se rendre à l'échoppe Aux ciseaux d'argent. Le seigneur l'avait fait lanterner deux bonnes heures tandis qu'il priait. Grand dévot, il récitait plusieurs rosaires par jour. Elle l'avait bien méritée, cette robe. C'était un velours très soyeux, un vert sapin foncé, elle se voyait déjà dans ce que lui coudrait Jeanne. Douée comme elle l'était, la petite en ferait une merveille. Le métrage était suffisamment long pour que, de la taille bien prise par une tresse, en tombe une élégante quantité de plis. Elle lui demanderait de lui faire des manches ballons, elle les réussissait à merveille, ainsi qu'un décolleté carré bien décent. Tout heureuse, elle se voyait déjà portant sa robe, elle se réjouissait aussi en songeant aux regards à la dérobée des jalouses, à la messe.

Jacques revint des champs. Décrochant un jambon pendu à une poutre, il jeta un regard sceptique sur le tissu d'Isabelle.

– Ça peut faire une belle robe, ce machin-là ?

– Non, ça me plaît parce que c'est moche, répondit-elle avec sécheresse.

– Écoute, Isabelle, j'ai assez de soucis, je n'ai pas envie qu'en plus tu m'envoies balader.

– Quand tu n'as pas de soucis, tu t'en inventes. Alors, va ronchonner dans ton coin, laisse-moi contente de la robe que va me coudre Jeanne.

– Si elle trouve le temps ! cria Jacques.

Il bougonna en se justifiant. Comme d'habitude, son humeur grincheuse provenait uniquement de Jeanne. Elle passait ses nuits à la taverne Chez la Rousse. Le fils Chasselin lui avait raconté qu'elle discutait de politique à n'en plus finir avec son Macaire et une meneuse nommée Christine de quelque chose. Une bonne femme de la haute qui fréquentait les grands de ce monde, rien moins que Philippe le Bon, duc de Bourgogne. Isabelle tenta de l'apaiser.

– Tu vois que tu t'inventes des tracas ! Si elle passe ses nuits à discuter avec son Macaire, au moins elle ne pèche pas avec lui comme tu le redoutais. Ça devrait te calmer.

– C'est ça, donne-lui raison ! Sache que si ta Mlle Jeanne d'Arc se mêle de politique, ça va finir par se savoir.

– Et alors ?

– Et alors, sa copine la Christine de quelque chose, elle penche du côté des Bourguignons, à ce qu'on dit. Si Robert de Baudricourt, qui est Armagnac à fond, apprend que ma fille la fréquente, il va nous croire espions, le beau salaire qu'il me verse ne sera plus qu'un souvenir. Trop content s'il ne nous jette pas dans ses geôles pour donner notre maison et nos terres à une autre famille. Tu seras très chic, en prison, avec ta belle robe.

– Pourquoi tu ne l'empêches pas de sortir la nuit ?

– C'est son Macaire qui l'entraîne. Auprès d'une gamine, un petit freluquet de vingt et un ans a dix fois plus de poids qu'un vieux bonhomme de quarante-huit ans, fût-il son père.

– Alors il faut que tu interdises à Macaire de la voir.

– J'aime mieux te dire qu'il va m'entendre, celui-là, crois-moi.

On frappait à leur porte. C'était Macaire. Il voulait parler à Jeanne. Jacques lui dit qu'elle était avec les moutons. Puis il lui claqua la porte au nez. Voyant le sourire teinté d'ironie d'Isabelle, Jacques lâcha, dents serrées :

– Il y a un temps pour tout.

Jeanne dégageait un bélier qui s'était pris les cornes dans un buisson d'aubépine. C'est avec joie qu'elle vit arriver Macaire, il allait l'aider à libérer le stupide animal. Malheureusement son ami n'était pas porteur de bonnes nouvelles, il faisait grise mine. Il avait échangé avec Colet de Vienne, qui revenait d'Orléans.

– On est fin décembre, le siège dure depuis trois mois et c'est loin de s'arranger. Les Rouquins ont construit neuf bastilles autour de la ville. Les Orléanais ont été contraints de démolir les maisons des faubourgs pour qu'elles ne puissent pas servir d'abris à l'ennemi. Le moral est déplorable. Les renforts écossais n'arrivent pas. Les malheureux assiégés n'y croient plus. On va tout droit à la reddition.

Jeanne se blottit dans les bras de Macaire. Elle pleura tout son soûl. Orléans tombé, ils franchiraient la Loire, déferleraient sur le Sud, le beau royaume de France deviendrait anglais. On serait un peuple asservi. L'occupant commettrait les pires exactions. Pourquoi Dieu avait-il permis que la France fût gouvernée par un *loser*, comme le lui avait dit Christine de Pizan ? Et puis, s'il était *loser*, il devait bien y avoir une raison. Un homme né d'une reine et d'un roi n'aurait pu espérer des parents mieux placés. Qu'attendre de mieux ? Il était né avec une cuiller en or dans la bouche. Pourquoi être à ce point passé à côté de la chance ? Dans quelques heures, elle demanderait à Christine de Pizan de lui apprendre comment le dauphin Charles en était arrivé à une telle dégringolade.

Le soir même, au grand dam des parents, Jeanne et Macaire se rendirent à la taverne Chez la Rousse. Ils trouvèrent Christine de Pizan de fort mauvaise humeur. On ne pouvait toujours pas emprunter le chemin de Paris, elle restait bloquée là. À Troyes ainsi qu'aux alentours se livraient de terribles combats entre Armagnacs et Bourguignons. Il eût été suicidaire de tenter de passer. Elle devait remettre *sine die* son départ de Neufchâteau. Elle maudissait plus que jamais le dauphin Charles. Bien que le moment fût mal choisi, ils lui demandèrent de leur apprendre ce qu'avait été la vie de ce dauphin, depuis son enfance jusqu'à aujourd'hui, alors qu'il avait vingt-cinq ans. Elle ricana. Il aurait fallu qu'existât pour lui une profession à laquelle personne n'avait encore jamais songé, leur confia-t-elle : un docteur de la tête.

Comme à son habitude, elle commanda deux pintes de bière, plus une pour Macaire. Ils allèrent s'enfermer dans sa roulotte.

Christine de Pizan fit un aveu à Jeanne. Si elle lui avait parlé de lui comme d'un *loser*, elle s'était placée uniquement d'un point de vue professionnel. D'un point de vue humain, le malheureux avait tout vécu pour devenir un dépressif profond. Intriguée, Jeanne lui demanda quels avaient été ses malheurs. Avant de leur conter les misères du dauphin, Christine de Pizan leur demanda en souriant s'ils n'étaient pas trop pressés d'aller se coucher, parce qu'il y avait beaucoup à dire.

– Tout d'abord, ce garçon n'a grandi que dans le deuil et le chagrin. Avant sa naissance sont morts deux de ses frères, tous deux nommés Charles. Ses parents l'ont prénommé Charles comme les défunts.

Jeanne s'indigna.

– Il y avait mille autres prénoms. L'appeler Charles ! Quel manque de tact ! C'est tout ce qu'il fallait pour lui donner le sentiment d'être sur terre faute de mieux, de se vivre comme un *ersatz*.

Jeanne criait, Christine de Pizan posa sa main sur la sienne pour la calmer, avant de reprendre :

– Attends, ce n'est pas fini. Quand il a douze ans décède son frère Louis, puis à quatorze ans, en pleine adolescence, son autre frère Jean meurt aussi.

Macaire se montra dépité.

– Voir tour à tour ses quatre frères décéder, il a dû s'imaginer que le tir se rapprochait.

Jeanne renchérit :

– Après tout ça, on pourrait être excusable de se méfier du Bon Dieu.

Christine de Pizan soupira et poursuivit :

– À ces deuils à répétition s'est surajouté un drame totalement destructeur pour le psychisme d'un fils : voir son père complètement fou. Il l'a vu se prendre pour une carafe en cristal et pousser des hurlements par peur qu'on le brise.

Jeanne sortit son mouchoir et se tamponna les yeux. Elle chevrotait.

– Une carafe ? C'est fragile ! Comment s'appuyer sur un tel papa ?

Macaire ne put s'empêcher d'avoir un petit rire nerveux. Jeanne lui donna un bon coup de coude. Christine de Pizan reprit :

– Alors que tous les petits garçons veulent imiter leur père, le dauphin Charles a dû craindre d'être frappé un jour de la même folie. D'autant que sa grand-mère, Jeanne de Bourbon, avait ses propres crises de démence. Il ne faudrait pas s'étonner si le dauphin Charles, dans le secret de son âme, ne redoutait pas à longueur de journée de devenir fou lui aussi.

Jeanne ne put s'empêcher de l'interrompre encore une fois :

– Sa mère a dû bien le cajoler, j'espère.

– Non, et loin de là. Une mère allemande, ça ne cajole pas, ça ordonne. Enfant, elle devait lui hurler dessus avec cet accent de Munich qui terrorise les petits en leur griffant l'oreille. Et puis, plus grave, elle s'est toujours moquée en public de son physique ingrat, de ses petites pattes, elle a clamé à tout le monde qu'il était un bâtard qui n'avait aucun droit à monter sur le trône. Elle a toujours dit à qui voulait l'entendre qu'elle l'aurait eu avec son beau-frère en profitant de l'inconscience de son mari dément. Jolie mentalité !

Avant de reprendre, Christine de Pizan but la pinte de bière de Macaire cul sec.

– Cette marâtre coureuse et prompte à retourner sa veste a magouillé à la fois avec les ennemis anglais et bourguignons pour lui faire perdre par le traité de Troyes le royaume qui aurait dû lui revenir.

Jeanne la coupa à nouveau :

– Moi, je ne m'entends pas avec mes parents, mais on n'en est jamais arrivés à ce point-là.

Christine de Pizan et Macaire sourirent. Elle lui caressa les cheveux avant de reprendre :

– Sa mère, Isabeau, est une personne pour le moins difficile à suivre. J'en veux pour exemple que Jean sans Peur ayant fait assassiner son amant et beau-frère Louis Ier, cela ne l'empêcha nullement de se lier d'amitié, voire plus, avec Philippe le Bon, qui n'est ni plus ni moins que le fils du meurtrier de son amant. Vous voyez le genre ?

Macaire et Jeanne n'en croyaient pas leurs oreilles. Cette dernière voulut en savoir davantage.

– Avec une maman comme ça, il a dû chercher à trouver du réconfort auprès des autres membres de sa famille.

– Peine perdue ! Ils se haïssent les uns les autres. Ses frères et sœurs n'ont rien trouvé de mieux que d'épouser un ennemi mortel, chacun le sien. Son frère Louis épousa la fille de Jean sans Peur qui avait occis leur tonton. Sa sœur Michelle a jeté son dévolu sur Philippe le Bon qui avait comploté pour que le royaume de son frère lui passe sous le nez.

Macaire se montra effaré.

– Ça doit être gai, les dîners de famille…

– Ce n'est pas tout, mon ami. La championne, c'est sa sœur Catherine, qui se marie avec le roi d'Angleterre Henri V. Rien moins ! L'infortuné dauphin Charles se retrouve ainsi le beau-frère de celui qui met son pays à feu et à sang*.

Christine de Pizan acheva la sinistre énumération :

– Et pour couronner le tout, sa mère, qui le déteste plus que tous leurs adversaires réunis, fait courir le bruit qu'il aurait empoisonné tour à tour ses deux frères Louis et Jean pour monter sur le trône à leur place.

– Avec une telle mère, on doit envier les orphelins, plaisanta Macaire.

Jeanne ne rit pas. La vie effroyable du dauphin Charles l'affligeait au plus profond de son cœur. Christine de Pizan sentit qu'il serait préférable de marquer une pause.

Elle sortit d'un étui de cuir, avec la plus grande précaution, une superbe xylographie sur papier. C'était la reproduction d'un portrait du dauphin Charles réalisé par un peintre nommé Jean Fouquet. Ainsi, ils découvraient le visage de celui dont elle venait de tant parler.

Jeanne resta muette. Comme pétrifiée. Le pauvre ! Combien il avait l'air las et triste. Elle ne se serait jamais attendue à déceler autant de mélancolie sur le visage d'un potentiel souverain. Dieu avait pourtant tout donné à ce malheureux. Dans son expression, on ne sentait aucune énergie, aucun espoir. Détail qui devait le mettre mal à l'aise, les châteaux étant mal chauffés, son gros nez semblait grossi par un sérieux rhume. Le peintre aurait pu avoir la courtoisie de tricher. Elle confia à Christine de Pizan qu'elle sentait en lui un homme en grand désarroi. Il avait grand besoin d'être choyé, voire aimé.

Une larme tomba sur le portrait.

Macaire sentit que l'entretien avait assez duré pour Jeanne. Il demanda à Christine de Pizan la permission de prendre congé.

Durant le retour vers Domrémy, pendant une lieue, en dépit de la pleine lune qui se montrait radieuse sur son fond clouté d'étoiles, en dépit de la vallée bleu céleste, en dépit du paysage peint pour un décor de conte de fées, Jeanne resta muette, abattue, repliée sur sa peine. Lointaine. Très lointaine.

Macaire arrêta la carriole. Il la prit dans ses bras. Lui parla tout bas, bouche contre oreille.

– Depuis le temps où nous nous connaissons, je ne t'ai jamais vue aussi malheureuse. Je n'ai jamais eu le courage de t'avouer combien tu m'es précieuse. Le *Lai du chèvrefeuille* de Marie de France que tu m'as entendu apprendre, c'est comme si elle l'avait écrit pour nous. Ces amants enlacés à jamais, à qui crois-tu que je pensais ?

Il lâcha ses épaules. Il prit sa tête entre ses mains comme s'il se fût agi d'un objet de culte. Il tenta de l'embrasser sur la bouche. Elle le repoussa avec fermeté, éclata en sanglots.

– Vis-à-vis de Charles, je ne peux pas.

23

Une semaine passa. Au plein cœur d'une nuit, un besoin pressant fit se lever Jacques. Il s'éloigna dans le jardin pour le satisfaire. Au premier étage, à la fenêtre de Jeanne, brillait la lueur vacillante d'une chandelle. À quatre heures du matin ! Sa fille devenue insomniaque, encore un nouveau problème. Aurait-elle été souffrante et omis de leur en parler ? Avare de paroles et dure au mal comme elle l'était, c'eût été possible. Inquiet, il monta au premier, prenant bien soin d'enjamber l'une des marches qui grinçait. Réveiller Isabelle aurait ajouté ses grognements à son inquiétude.

Lorsqu'il pénétra dans sa chambre, Jeanne ne lui adressa aucun regard. Il la trouva assise dans son lit. Lointaine. Comme hypnotisée par la flamme de sa bougie. Souriait-elle ou grimaçait-elle ? Dans la pénombre, il n'aurait su l'affirmer. Son regard avait une fixité quelque peu inquiétante. La connaissant par cœur, il savait que la questionner était le plus sûr moyen de ne pas obtenir de réponse. Prenant un biais, il lui fit part d'une nouvelle qui lui serait agréable.

– Je montais parce que je savais que tu serais contente d'apprendre quelque chose. Après le dîner, Joaquin Droiteval est passé prendre une bière, enfin… je devrais dire trois ou quatre.

Jacques se força à ricaner. Aucune réaction de Jeanne. Il poursuivit :

– Le messager du comte de Gondrecourt lui a appris qu'à Orléans les troupes de renfort écossaises étaient enfin arrivées. Joaquin était catastrophé, bien sûr, mais toi, j'ai deviné que ça allait te ravir.

En fait de ravissement, Jeanne resta impavide. Une statue. On aurait pu la croire sourde. Il fit une dernière petite tentative.

– C'est de bon augure, non ? Dis-moi. L'arrivée des Écossais, ça peut tout changer. La fin du siège exaucerait tes prières. Tu ne crois pas ? Non ? C'est très bien, tu ne trouves pas ?

Il attendit quelque chose, une réaction, un sourire même léger. Rien. Pire, elle souffla la bougie. Elle exagérait ! Il ralluma. Il l'étreignit. Lui saisit la tête. L'enfouit au creux de son épaule, comme quand elle était petite. Alors qu'il s'attendait à une rebuffade, elle ne le repoussa point. Il lui parla à l'oreille, du plus bas qu'il put, comme pour apaiser une petite fille qui vient de faire un cauchemar.

– Je sais que tu redoutes que toute ta vie ne se déroule entre moutons et rouet. Ta mère et moi avons bien compris qu'à Domrémy tu t'ennuyais à mourir. Nous avons pensé à la cousine Eulalie de Provins, c'est à quarante lieues d'ici. Elle élève des lapins. Le lapin, c'est bien moins fastidieux que le mouton. Tout le monde sait ça. Là-bas, elle participe toujours à la grande foire. On y vient de tout le royaume. Tu gagnerais bien ta vie. Tu verrais beaucoup de monde… et pourquoi pas un gentil fiancé ? Hein ? Un gentil fiancé…

Elle souffla à nouveau la bougie. C'en était trop. Excédé, Jacques descendit l'escalier dans le noir. Il fit grincer la maudite marche. Isabelle se dressa dans leur lit. Alluma sa chandelle.

– D’où viens-tu, au milieu de la nuit ?

Jacques ne songeait qu’à retrouver le sommeil, il se fit bourru.

– On peut aller faire pipi, ici ? Ou c’est interdit ?

Dès son réveil, Jeanne fila à ses moutons sans même prendre le temps d’avaler le moindre morceau de pain ou de lard. Personne ne dit mot dans la maison. De son côté, Jeanne ne voulait pas les informer de la cause de ses insomnies ; quant aux parents, muets, ils se boudaient. Isabelle avait trop vivement reproché à Jacques de ne rien faire pour cette marche qui grinçait et de faire pipi comme un égoïste à n’importe quelle heure.

En dépit de sa peine à marcher, Macaire la rejoignit au milieu du troupeau. Avec sa jambe rabougrie et sa béquille, il ne se déplaçait ordinairement que sur des terrains fermes, évitant champs, terres labourées et toutes sortes d’herbes hautes. Aujourd’hui, il faisait une exception, c’est en claudiquant qu’il arrivait, mû par l’inquiétude. L’allusion de Jeanne évoquant un certain Charles qui lui occupait totalement l’esprit l’avait fortement perturbé. D’où pouvait bien sortir ce type ? Sûrement pas de Domrémy ni de Neufchâteau ; de Greux, alors ?

Il la trouva prostrée, assise sur la souche d’un saule. Coudes sur les genoux, elle se tenait la tête en fixant ses pieds. Elle ne s’apercevait même pas qu’à quelques mètres d’elle un de ses moutons était en train de se noyer. Il avait dû tenter de boire. Sa tête affolée saillait sur la glace rompue de la Meuse. Avant que de lui parler, Macaire dégagea la bête à grand-peine.

Elle était tant absorbée dans ses pensées que l’incident lui avait échappé. S’approchant d’elle, il l’entendit marmonner. Le regard fixe vers le sol, inconsciente de sa présence, Jeanne se parlait à elle-même.

– Christine de Pizan nous a ouvert les yeux. Tous ses frères morts ! Ce cortège de deuils, tout au fil de sa vie, quelle intolérable ribambelle de malheurs… Jusqu'à son tonton qu'il aimait tant et qu'on lui a assassiné. Sans oublier un père fou et une mère qui le hait. Et, pour couronner le tout, on lui flétrit son amour-propre en lui laissant croire qu'il n'est qu'un bâtard. On se suiciderait pour moins que ça. Il est grand temps qu'on l'aime.

Macaire prit peur. Il lui semblait que le regard de Jeanne le transperçait, comme pour décrire ce qu'elle voyait très loin au-delà. Elle pointa l'index sur lui, l'invectiva comme s'il avait une responsabilité quelconque dans toutes les catastrophes qui avaient ruiné la vie de l'infortuné dauphin. Elle criait, à présent.

– Et sa sale bonne femme ? Qu'a-t-elle fait pour le soutenir, hein ? On l'a bien vu sur le portrait que c'est un homme malheureux en ménage. Un regard privé d'amour comme le sien, ça ne trompe pas. Poussée par sa mère la Yolande d'Aragon, Marie d'Anjou a intrigué pour être l'épouse du futur roi. Mais voilà ! Manque de chance, il est déchu par sa gentille maman ! Comme son trône lui est confisqué, je ne serais pas étonnée qu'elle se rabatte vite fait bien fait sur un autre parti, la Marie d'Anjou. Moi, je l'affirme et qu'on m'entende, cet homme en perdition a un très urgent besoin de secours. Si personne ne lui tend la main dans son entourage, moi, je m'en charge ! La charité n'est pas un vain mot !

Macaire resta pantois. Son amie de toujours déraisonnait. Comment lui faire retrouver la voie de la raison ?

– Ma chère petite Jeanne, entends-moi, c'est très gentil ton idée, mais c'est irréalisable. Réfléchis une seconde.

Elle lui coupa la parole d'un geste qui excluait toute contradiction.

– Tu as écouté ce que nous a appris Christine de Pizan ou tu dormais ? N'a-t-elle pas dit : « Dans les années à venir, la femme sera enfin considérée comme l'égale de l'homme » ? Alors, pourquoi une bergère ne serait-elle pas capable de sauver un prince enfermé dans sa tour ?

– Ça s'appelle une utopie, Jeanne.

– Je ne sais pas ce que ça veut dire, ton « utopie ». Moi, ce que je sais, c'est qu'à la taverne Chez la Rousse on m'a conté l'histoire d'un soldat anglais qui n'en pouvait plus de la guerre. Il n'espérait plus rien sinon mourir. Dans son charabia, il appelait ça « *breakdown* ». Il a retourné son arbalète contre lui. Pour Charles, je m'en voudrais à vie d'être restée les bras ballants dans mon stupide petit confort à Domrémy.

Macaire tombait de haut. Il avait fait le gros effort de venir là pour lui déclarer sa flamme. Il comptait l'informer de son intention de demander sa main à son père, et voilà qu'il faisait face à une fille aux propos insensés. Il ne l'avait jamais vue ainsi. Ça ne tenait pas debout. Elle vouait aux gémonies la femme du dauphin dont elle ne savait rien. Rien ! Elle tempêtait de la « savoir » ruinant l'harmonie de leur couple, alors que Christine de Pizan n'y avait jamais fait la moindre allusion. Pour l'instant, Jeanne se montrait bien trop habitée pour qu'il tentât de la raisonner. Il remit sa déclaration d'amour dans sa poche* et s'en retourna.

Isabelle et Jacques s'activaient au jardin. Elle distribuait leurs graines aux poules, tandis qu'il remettait en état la porte défaillante d'un clapier. Ils virent passer Macaire clopinant. Tête baissée, l'air fort marri, il venait du côté du pont romain et remontait vers sa chaumière, située dans le haut de Domrémy. Il ne leur adressa aucun salut. Les avait-il vus ou pas ? Les deux échangèrent un regard de connivence. Il ne pouvait revenir que de là où se trouvaient les moutons, bien sûr, mais surtout de rendre visite à celle qui les gardait...

Isabelle abandonna le petit déjeuner des poules pour venir caresser la joue de Jacques.

– J'ai réfléchi. Edwin, ce serait pas mal. Edwin d'Arc, ça sonnerait bien.

– Tu voulais Calvin.

– Oui, mais tu m'as convaincue.

Jacques se rembrunit.

– Il est passé sans nous saluer. Pour moi, ça sent mauvais. J'ai peur qu'elle nous l'ait encore rembarré, celui-là aussi.

Isabelle donna une bourrade affectueuse à Jacques.

– Il y a des couples à giboulées. Tu vois à qui je pense ?

– Oui, mais Jeanne ce serait plutôt orages, tempêtes, tornades et cyclones, plus tous les noms que je ne connais pas. On n'y peut rien, elle tient de ton côté. C'est une pure Romée. Vous êtes des farouches.

Par jeu, Isabelle lui tordit l'oreille tout en riant.

– Farouches... Il n'empêche qu'on a eu Jacquemin, Jean, Pierre, Catherine et elle.

– Oui, mais toi, tu n'en as jamais envoyé balader trois tour à tour : Tancrède La Bresse, Conrad Maurimont et Gismond Imbsheim, le boucher de Nancy.

– Sois patient. Tu l'auras, ton petit-fils.

Jacques resta un instant dubitatif, puis:

– L'histoire nous le dira.

Le couple avait-il rompu ou pas? Voilà qui tarabustait Jacques, il ne pouvait supporter de rester dans le flou. Après y avoir mûrement réfléchi, il n'y avait au village aucun garçon envisageable pour Jeanne autre que Macaire. Il était d'une culture intimidante, dans ce monde de paysans illettrés. Savoir traduire la langue germanique en latin forçait le respect. De haut gradés de la communauté dominicaine venaient de Toul pour lui apporter des manuscrits à transcrire. Ce n'était pas rien. Avec un tel papa, son futur petit-fils aurait un cerveau apte à travailler avec sa tête, en ville. Ce qui ravirait Jeanne. Et puis, chez lui, les écus devraient sonner.

Ombre au tableau, il était roux. On courait le risque d'un enfant de la même couleur que celle aimée par Satan, disait-on. Mais bon, il devait s'agir d'une superstition fondée sur rien. Depuis des années que Macaire vivait à Domrémy, il s'était toujours montré un garçon doux et gentil n'ayant aucun commerce avec le diable. L'abbé Séroux l'avait lui-même confirmé. Autre réserve, le malheureux avait la jambe gauche à tout jamais rabougrie et recroquevillée, la roue d'un chariot lui ayant roulé dessus à l'âge de deux ans. Isabelle avait un moment cru que cette infirmité serait héréditaire, mais là encore l'abbé Séroux l'avait rassurée. N'y tenant plus, Jacques se rendit chez Macaire, histoire de s'endormir tranquille ce soir.

Il le trouva penché sur un lutrin, un parchemin déroulé sous les yeux. Une splendide enluminure surmontait un texte en haut de page. Elle représentait une armée d'archers criblant de traits les tours d'un rempart. Le texte à la plume d'oie impressionnait par sa parfaite rectitude et l'élégance de sa minuscule calligraphie. Macaire abandonna sa copie, il sécha sa plume, vint saluer Jacques. Son expression n'était pas celle d'un homme fâché, plutôt celle d'un jeune garçon profondément affecté.

Jacques lui tapota le dos comme il le faisait jadis à son fils Jean lorsque son moral vacillait, souvent à la suite d'une rupture.

– Vous savez qu'un papa, ça sait raccommoder ?

Macaire répondit par un sourire triste. Il eut un geste d'impuissance. Il trouvait Jacques bien gentil d'être venu, mais il ne pouvait rien pour lui, pour eux, pour elle. Jeanne était déterminée. Lorsqu'une idée la tenait, nul ne pouvait la déraciner de sa cervelle. Il la connaissait depuis l'enfance. C'était ainsi, l'imprévisible, l'improbable était advenu, un homme lui avait fait perdre la raison. Jacques n'en crut pas ses oreilles. Il n'avait supposé qu'une dispute sans conséquence avec Macaire, un coup de sang comme seule savait en piquer Jeanne, mais un autre amour, ça semblait impossible. De qui aurait-elle bien pu s'enticher à Domrémy ou dans les villages environnants ? C'était tout simplement incroyable. Ou alors une toquade à la taverne. Ces jeunes politisés, ça avait le bla-bla très persuasif, et puis la bière aidant…

Incrédule, Jacques voulut se rassurer, vérifier si ce n'était pas l'imagination de Macaire qui était en cause.

– Qui vous l'a dit ?

– Elle.

– C'est qui ?

– Vous la croiriez folle.

– Qui ?
– Charles.
– Charles comment ?
– Sept.

Jacques réclama un bol d'eau, un linge humide et un banc.

24

Ce jour était à marquer d'une pierre blanche : Jeanne se montrait aimable avec tout le monde et, chose rarissime, y compris avec ses parents. Sans que l'on ait eu à élever la voix, elle les avait accompagnés au marché pour leur apporter son aide, ce qui était rarement arrivé auparavant. Elle servait les clients sans se départir d'un étrange sourire béat, tel celui des saints sur les statues ou sur le visage des religieuses. Habitée, elle semblait habitée.

Si Isabelle se réjouissait de cette toute nouvelle disposition d'esprit, il n'en était pas de même pour Jacques. Cette Jeanne-là n'était plus sa Jeanne. Il l'aurait presque préférée vif-argent comme naguère. Il s'était bien gardé d'apprendre à sa femme que leur fille s'était engouée du dauphin Charles. Elle aurait cru à un maléfice jeté par une quelconque sorcière ou, pire, à une intervention personnelle du diable. Affolée, elle s'en serait ouverte à l'abbé Séroux. Les explications du prêtre, inspirées par le Ciel – donc nébuleuses –, auraient davantage embrouillé son esprit. Elle serait sortie de l'église Saint-Rémy encore plus perturbée que lorsqu'elle y serait entrée.

L'Église savait tout sur l'âme, rien sur son réceptacle : le corps. Une personne qui avait perdu la boule pouvait-elle la retrouver ? se demandait Jacques. Il aurait tant aimé qu'existât un docteur de la tête. La malheureuse Jeanne faisait une fixation sur la kyrielle de drames qu'avait subis et subissait un dauphin abandonné des siens, or il n'était jamais qu'un homme qu'elle ne connaissait que par ouï-dire. Sa compassion, très chrétienne sans doute, démesurée cependant, ressemblait tout de même à quelque chose qui aurait pu faire penser à l'attitude d'une cinglée. Cette profonde torpeur du dauphin, Macaire le savant l'avait appelée « aboulie » ; pour Jacques, il avait eu la gentillesse de traduire en termes un peu plus longs certes, mais accessibles à tous : Charles n'en avait plus rien à foutre de quoi que ce soit.

Corollaire de la fixation de Jeanne, Macaire ne souhaitait plus l'épouser, se désespérait Jacques. Les d'Arc auraient-ils un jour un petit Edwin ? Démordrait-elle de sa lubie ? Jacques aurait bien prié pour qu'elle recouvrât la raison, mais il avait déjà adressé tant de prières pour tant d'autres choses sans aucune réponse satisfaisante qu'il ne voulait plus perdre son temps. Il laissait Isabelle implorer le Ciel pour lui, elle priait avec une conviction largement suffisante pour deux.

Quelques jours plus tard, un incident montra à Jacques que le retour à la normale de l'esprit de Jeanne n'était pas pour tout de suite. Un vigneron de Maxey, à une lieue de là, accourut l'alarmer. Son troupeau s'était égaillé dans toute la vallée. Certains moutons avaient franchi la Meuse sur la glace, d'autres s'y étaient noyés. Jacques prit ses jambes à son cou, il fila à l'enclos. Il en trouva la porte béante et Jeanne qui priait à genoux sur une plaque de verglas, les yeux clos. Elle eut une réaction confondante en rouvrant les yeux. Prenant conscience de sa présence, elle lui adressa un gentil sourire niais…

– Oh, papa ! Comme c'est mignon d'être venu.

Il fallait tenter quelque chose. Jacques se dit que Jeanne vivait trop en vase clos à la maison. Si elle sortait du bocal familial, elle bénéficierait de l'apport de pensées extérieures. Sa lubie restait bloquée quelque part dans le labyrinthe de son cerveau, en obstruant les tuyaux, aucune autre idée ne pouvait circuler. Bien qu'il n'aimât pas qu'elle fréquente la taverne Chez la Rousse, c'était tout de même le seul endroit où elle pouvait entendre s'exprimer des gens, ce qui pourrait l'amener à cesser de tourner en rond sur son idée fixe.

Par chance, ce soir-là, Isabelle dormait à Vouthon chez sa sœur, il pouvait donc conduire Jeanne à la taverne. Absente, Isabelle ne lui ferait pas toute une histoire s'il emmenait sa fille se faire bourrer le crâne chez ceux qu'elle appelait « de dangereux jeunes politisés ».

Il se posta sur le chemin à l'heure à laquelle Macaire se rendait à la taverne. Sa carriole ne tarda pas à arriver. Jacques lui confia Jeanne.

Du haut de son estrade, c'est un Colet de Vienne accablé qui s'adressait à un auditoire aux visages résignés.

– Mes amis, je viens de faire mon rapport au capitaine Robert de Baudricourt. Ça va très mal à Orléans. J'en reviens et c'est pas beau à voir.

Des « oh ! » de dépit fusèrent.

– Comme vous le savez, nous sommes milieu février, le siège dure depuis milieu octobre, quatre mois affreux. On ne s'y attendait pas, nous venons de perdre six cents défenseurs de la ville. Ce qui aura des conséquences effroyables.

Un jeune homme blond à la puissante stature, genre soldat germain, coupa la parole à Colet de Vienne :

– Dans tout le sud de la Loire, on trouve des hommes en quantité ! Et nos renforts écossais, ils sont en permission ?

Colet de Vienne eut un geste d'impuissance.

– Hélas ! Notre malheureux dauphin ne peut plus recruter, ses caisses sont vides. Trop de défaites. Trop de déserteurs. Trop de morts. Tu irais défendre Orléans sans solde, toi ?

À l'évocation de la situation catastrophique du dauphin, Jeanne se serra contre Macaire. Elle pleurait si fort qu'elle en hoquetait. L'entendant ainsi, Colet de Vienne fit une pause ; puis, voyant qu'elle ne parviendrait pas à se ressaisir, il enchaîna. Le public réclamait la suite.

– Le drame est arrivé comme ça. Les Anglais en étaient réduits à manger chiens et chats. Sous-alimentés, ils n'avaient plus assez de forces pour tenir le siège. Leurs chefs décidèrent de faire descendre de Chartres, à seize lieues d'Orléans, trois cents chariots de vivres pour leurs troupes. Mais nous, les Armagnacs, avions des espions chez les Anglais. Ils avertirent le défenseur d'Orléans, Jean de Dunois, de ce projet de convoi. Ce dernier monta une opération pour les intercepter à mi-chemin. Il partit d'Orléans à la tête de sa troupe pour rejoindre celle de Charles de Bourbon parti de Blois. Hélas, ce dernier prit beaucoup de retard pour le rendez-vous.

Le grand jeune homme blond intervint avec véhémence :

– Chez nous, dès qu'il faut être discipliné c'est le bordel ! Vous vous souvenez d'Azincourt ? On l'a pourtant payé cher !

Un grondement à la fois de colère et d'approbation pour le jeune homme monta de la salle. Colet de Vienne frappa dans ses mains pour ramener le silence et poursuivre.

– Les Anglais furent mis au courant, ils disposèrent leurs chariots en cercle, ils construisirent des obstacles avec des pieux et attendirent nos soldats de pied ferme. Comme s'ils avaient voulu nous entraîner vers le précipice de la défaite, nos deux chefs se prirent de bec. L'un voulait combattre à cheval, l'autre à pied. Pour le plus grand bonheur de l'ennemi, chacun n'en fit qu'à sa tête. Les Anglais profitèrent du désaccord…

– Du bordel, tu veux dire! clama encore le jeune homme.

On l'applaudit. Colet de Vienne conclut:

– Ils nous battirent à plate couture. C'est comme ça que nous avons perdu six cents précieux Français. Alors Orléans…

Macaire n'eut pas assez de poigne pour retenir Jeanne, elle bondit sur l'estrade et harangua l'assistance:

– Vous ne pouvez pas rester comme des moules sur votre rocher! Rentrez chez vous pour vous préparer! Faites vos bagages. Partons porter secours à notre malheureux dauphin. Suivez-moi!

Stupeur. Les gens se regardèrent, interdits. Personne ne réagit. Un silence à couper au couteau tomba sur la salle. Puis chacun rentra chez soi en commentant l'esclandre. Colet de Vienne, Macaire et Jeanne restèrent les trois seuls clients de la taverne. Éliette Boutonnier, la tenancière, leur secoua le paletot. Ils étaient bien gentils, avec leurs meetings politiques, mais si c'était pour lui vider sa salle, ils pourraient aller les tenir autre part.

À Vaucouleurs, il y avait le Lion d'or, où le patron serait ravi de les accueillir.

Ils rentrèrent tous trois à Domrémy dans la carriole de Macaire. Elle ne cessa de maugréer. Son flop à la taverne lui avait fait quitter cette torpeur qui lui était devenue permanente au profit d'une sorte d'excitation, de colère vindicative. Elle en voulait aux gens de la taverne de ne pas l'avoir suivie. Ces mollassons méritaient bien leur infortune ! Lorsqu'ils passeraient sous les fourches caudines de l'Anglais, alors ils comprendraient, mais trop tard, dans quelle servitude les conduisait leur résignation. Les choses étant ainsi, elle devrait désormais ne compter que sur elle-même.

Colet et Macaire la laissèrent vitupérer tout le long du chemin. Ils sentaient que son mécontentement se trouvait à un degré tel qu'elle n'aurait toléré aucune tentative d'apaisement. Les deux considérèrent que mieux valait la laisser poursuivre son monologue jusqu'à épuisement. Or, Jeanne n'entendant aucune réaction des deux garçons, elle s'agaça. Elle entreprit Colet de Vienne. Son métier de messager lui faisait rencontrer le dauphin Charles, tantôt à Bourges, tantôt à Chinon. Il lui serait facile de l'emmener et de la lui présenter. Elle savait qu'il serait content de la rencontrer. Il avait grand besoin d'elle. Silence des garçons.

Ils arrivaient à la maison des d'Arc. Colet de Vienne se voyait emberlificoté dans le plus grand des embarras. Ils ne pouvaient se quitter sans qu'il donne une réponse à la requête de Jeanne. Et sa demande était aussi absurde qu'irréalisable ! Mais cette fille paraissait si déterminée, si pugnace qu'un refus eût été à coup sûr reçu comme une dérobade inamicale. Avec un tempérament comme le sien, on allait tout droit à la bagarre. La sachant proche de Macaire, sans connaître avec précision le degré de leur proximité, il ne voulait risquer aucune fâcherie avec son ami. Comment faire comprendre à Jeanne, sans la vexer, qu'il était hors de question qu'une toute petite bergère d'un tout petit village d'une toute petite sous-région, le Barrois, aux marches de la Lorraine, rencontrât un futur roi, autrement dit le seul homme du royaume directement conseillé par Dieu ? À côté de l'opinion divine, ses conseils auraient fait pâle figure.

En pleine nuit, c'est sur le seuil de leur maison, emmitouflés dans des peaux de moutons, que les parents, au comble de l'anxiété, guettaient le retour de leur fille. De là, ils verraient le moindre lumignon paraître au loin à la lisière du bois en direction de Neufchâteau.

Cinq coups sonnèrent au clocher de l'église Saint-Rémy. Toujours pas de Jeanne ! Isabelle en avait les sangs tournés. Il gelait à pierre fendre, en ce maudit février. Un bûcheron avait signalé une meute de huit loups sur la rive droite de la Meuse. Il était facile à ces affamés de traverser le fleuve sur la glace. Toutes les dix minutes, comme une litanie, Isabelle serinait à Jacques qu'on retrouverait la carcasse de leur fille demain sur le chemin de Neufchâteau. Jacques brûlerait pour l'éternité dans les flammes de l'enfer pour avoir laissé sa fille sortir la nuit.

Il serrait les dents, autant à cause du froid que pour ne pas lui répondre. Ils étaient fâchés. À la suite d'une dispute quant au remboursement d'un emprunt qui tardait à venir, Isabelle avait renoncé à dormir chez sa sœur. Surprenant un Jacques tout penaud qui avait profité de son absence pour laisser leur fille passer la nuit à la taverne Chez la Rousse, elle l'avait traité de père dégénéré. La mesure était comble, Jacques l'avait agonie d'injures, jusqu'à épuisement de son stock de grossièretés. S'ils n'en étaient pas venus aux mains, c'est qu'elle avait brandi un hachoir à viande.

Jeanne, Macaire et Colet de Vienne apparurent enfin à l'orée du bois. Isabelle s'élança en rugissant vers Jeanne, un bras levé, prêt à frapper.

– Jamais tu ne me feras mourir d'angoisse ! JAMAIS ! Avant, je t'aurai fait enfermer à double tour chez les sœurs trappistes cloîtrées !

Macaire s'interposa. Comme il ouvrait la bouche, Jacques pria pour qu'il ne lui apprît pas la vérité. En vain, Macaire la lui apprit :

– C'est nous qui avons retenu votre fille, en tout bien et tout honneur, madame. Nous avons vainement tenté de la raisonner, nous avons échoué. Elle s'obstine à vouloir rencontrer le dauphin Charles.

Isabelle fut stoppée net dans son élan. Elle s'immobilisa, bouche ouverte comme dans un cri muet. Elle blêmit. Elle trembla. S'effondra. Son visage animé de spasmes et ses yeux retournés faisaient peur à voir.

Jacques et Macaire la portèrent jusque dans son lit. À demi consciente, elle grommelait des insultes à peine intelligibles, comme un ivrogne qui marmonne tandis qu'il cuve.

– C'est la bonne femme… C'est la bonne femme qui vient de Venise… C'est la bonne femme… Emmenez-moi. Je veux la taper.

25

Nuit d'angoisse pour Jacques et Jeanne. Au fil des heures, Isabelle avait gémi. Parlant avec difficulté, elle s'était plainte d'avoir un cou en bois. L'air avait grand-peine à parvenir à ses poumons, elle se voyait mourir étouffée. Par instants, sa main avait étreint celle de Jacques à le faire crier. C'est peu avant midi que le médecin de Greux était accouru. Il lui avait massé le cou et fait respirer un linge imbibé de vinaigre. Il lui avait donné un sachet contenant un mélange d'herbes sèches telles que mélisse, camomille, verveine, reine-des-prés, lavande et, cela allait de soi, le toujours efficace tilleul. Elle devrait en faire des infusions qu'elle boirait trois fois par jour pendant une semaine. Mais que l'on ne s'inquiète pas outre mesure, dès à présent Isabelle lui semblait tirée d'affaire, apaisée. Elle avait repris un rythme respiratoire ainsi qu'un pouls satisfaisants.

Une fois sa visite terminée, il demanda à Jacques et Jeanne de le rejoindre dans le jardin. Une question le turlupinait. Il diagnostiquait avec certitude un violent choc émotionnel ; quant à savoir ce qui l'avait causé, il aurait bien aimé l'apprendre, afin d'éviter de provoquer le même à l'avenir. Car bizarrement, Isabelle s'était obstinée à refuser de lui communiquer la nature de ce choc. Avait-elle appris subitement quelque chose d'horrible ? Un décès ? Un meurtre, par exemple ? Il était médecin, tous deux pouvaient être certains qu'il garderait le secret. Jacques l'avait-il battue ? L'avait-il menacée de mort ? C'était fréquent chez les couples comme le leur, un peu impulsifs.

Père et fille firent semblant de chercher sans trouver. Même à un médecin, Jacques n'avait aucune envie d'avouer que sa fille avait de gros problèmes mentaux, à plus forte raison en présence de l'intéressée. Quant à Jeanne, de son point de vue, qu'elle voulût rencontrer le dauphin Charles ne regardait qu'elle seule, en aucun cas ce médecin.

En les quittant, il leur recommanda de bien la ménager, de lui épargner toute émotion forte. Cette femme se révélait hypersensible, elle avait cinquante-deux ans et son psychisme n'encaissait plus les traumas comme jadis.

Dès que le médecin eut tourné les talons, Jacques entreprit sa fille. Sachant qu'elle réagissait souvent aux directives comme un chat furieux à la vue d'un molosse, il y alla sur des œufs, en usant de circonlocutions. En guise d'introduction, il lui déclara qu'elle avait la chance d'être jeune, très jeune, un merveilleux privilège que Dieu lui avait donné et qu'un jour, hélas, il lui retirerait. Être jeune, c'était le temps des grands rêves, des grandes aspirations. Si l'on se projetait dans des plans parfois irréalisables, c'était parce que la jeunesse n'appréhendait pas très bien le réel. Comment pouvait-il en être autrement, quand on ne s'était jusque-là que très peu frotté à la réalité ? On n'avait pas encore connu la déception de grands et beaux desseins qui s'effondraient. On ne saurait en vouloir aux jeunes qui…

Jeanne ne pouvait plus se contenir.

– Où veux-tu en venir, papa ?

– Il ne faut plus jamais que tu parles à ta mère de ton « projet dauphin Charles ».

Jeanne minauda. Encore petite, elle avait déjà saisi que ça séduisait papa.

– Bien sûr, papa. J'aime trop maman.

Ouf ! Sa tocade de gamine avait vécu. Très ému, bien qu'elle se dérobât toujours à ses effusions intempestives, il étreignit sa fille comme il ne l'avait pas fait depuis des temps immémoriaux.

C'est tout à fait rassuré que Jacques partit pour le potager, il devait poser des paillots sur des semis.

À peine avait-il tourné au coin de la maison que Jeanne filait à la forge des Hardt.

Elle trouva son amie Mathilde occupée à former une lame de faux. Le métal incandescent diffusait une teinte orangée qui éclairait à peine le clair-obscur de la forge. On était chez Vulcain. Des flammèches giclaient sous le marteau. La plainte du fer battu blessait l'oreille. Mathilde fit signe à Jeanne d'aller patienter avec son père dans la maison, le métal rougi n'aurait su refroidir.

Heckart se tenait près de sa cheminée, assis, la main bandée. Un tissu comprimait une tranche de lard sur sa plaie. Il s'était cruellement brûlé en saisissant une paire de tenailles qu'il croyait refroidies. Il était inenvisageable qu'il puisse tenir un marteau avant un bon moment. Ce qui lui causait un grand tracas car, au château de Vaucouleurs, on lui avait commandé un grand nombre de fers de lance et d'épées.

Il offrit à Jeanne un bol de blanc de Moselle, un exceptionnel château de Vaux. Ils échangeaient quelques banalités lorsque Mathilde les rejoignit. Tout de go,

Jeanne lui donna la raison de sa visite. Grâce à leur métier, elle et son père fréquentaient la cour de Vaucouleurs. Elle attendait d'eux qu'ils lui fassent l'amitié de l'introduire auprès de Robert de Baudricourt. Elle voulait qu'il lui fournisse dès que possible une escorte pour l'accompagner à Chinon, où elle tenait à rencontrer le dauphin Charles.

Après un silence sidéré, père et fille s'esclaffèrent en cœur. Il n'arrivait pas souvent à Jeanne de lancer des vannes, mais là c'était réussi. Il était tout à fait opportun qu'elle vienne leur changer les idées, alors qu'il souffrait de sa main et que les affaires plongeaient. Jeanne se rembrunit. Elle ne plaisantait pas. Le dauphin se trouvait en grande difficulté tant politique, militaire et morale que sentimentale, il attendait son secours.

Heckart retira mine de rien à Jeanne son bol de château de Vaux. Mathilde lui saisit les mains avec délicatesse, elle les caressa en lui parlant sur le ton de la sororité avec la plus grande douceur. En tant que vieille amie, elle se devait de lui parler avec franchise : qu'elle ne s'offusque pas, mais elle déraisonnait. Pourquoi pas demander à Robert de Baudricourt de l'introduire auprès du pape Martin V, tant qu'elle y était ? Avec une telle requête, ils passeraient pour fous auprès de leur seigneur, ce grand commanditaire qui les faisait vivre. Hors de question qu'ils la mettent en rapport avec lui.

Désappointée au plus haut point par ce qu'elle interprétait comme un impardonnable manquement à l'amitié, Jeanne s'apprêtait à les planter là, lorsque lui vint une nouvelle idée. Elle se risqua à tenter une autre approche.

– Tu es très forte en arts martiaux. Pour atteindre Chinon, il faut traverser toute la Champagne, c'est infesté de Bourguignons. On se déplacerait de nuit. Le jour, pendant que l'une dormirait, l'autre ferait le guet. C'est à une semaine de cheval, quinze petits jours aller-retour pour toi. Moi, je resterais près de notre dauphin, à le réconforter.

Mathilde et son père échangèrent un regard consterné. Que dire, que faire ? Elle n'avait aucune conscience de la réalité. Son idée se révélait à tel point démentielle que tenter de ramener Jeanne à la raison leur sembla être une tâche plus impossible encore que le projet lui-même. Mieux valait se montrer pragmatique, revenir au plus simple. Ce fut Heckart qui prit la parole.

– Nous aurions accepté avec plaisir de te rendre service, Jeanne, mais que Mathilde s'absente de la forge pendant quinze jours, c'est impossible. Nos clients attendent et, avec ma sale blessure, elle travaille seule.

C'est très amère que Jeanne quitta ses futurs anciens « amis ». Les gens ne pensaient qu'à leur petit confort personnel plutôt que de venir en aide à leur dauphin en plein désarroi. Elle était belle, la France !

En ce dimanche de février, on sentait un printemps prêt à montrer le bout de son nez avant l'heure. La vallée de la Meuse, encore en deuil, ne tarderait pas à se vêtir de vert tendre. L'air autant glacé que pur dessinait dans tous ses détails le clocher de Goussaincourt, pourtant dressé à deux lieues de là. Jeanne et ses parents sortaient de la messe donnée en l'église Saint-Rémy. Ça carillonnait à toute volée sur la vallée. Ils s'attardèrent à papoter avec Joaquin Droiteval, ils échangèrent sur les récoltes à venir, le beau temps qui semblait s'accrocher, ainsi que sur la situation favorable des Anglais à Orléans. Jeanne ne participait pas à l'échange. Ses vues étaient trop opposées à celles de ce sale bonhomme. Tandis qu'il pérorait encore et encore à la gloire du duc de Bourgogne, elle imaginait que Dieu puisse avoir la gentillesse de foudroyer Joaquin Droiteval d'une crise cardiaque.

La divine Providence en décida autrement. L'abbé Séroux, qui avait quitté étole et surplis de cérémonie, les rejoignit pour les priver de Jeanne, afin d'obtenir d'elle un court aparté.

Ils firent les cent pas dans les allées de son potager. Il aborda sans ambages ce qu'il avait à lui dire :

– Petite vilaine. Tu as fait très peur à tes parents avec ton « projet dauphin Charles ». Ils ont cru un instant que le Seigneur tout-puissant t'avait privée de raison ou que tu étais sous l'emprise d'un sortilège malfaisant. Si tu veux le bien de ce dauphin, il faut juste te contenter de prier pour lui. Avec une grande ferveur, toutefois.

– J'ai déjà beaucoup prié et tout ne cesse d'empirer.

– Chère petite fille, Dieu fait ce qu'il veut, quand il veut. Regarde, moi, par exemple, ça fait vingt ans que je prie pour que mes cheveux repoussent.

Jeanne salua l'abbé Séroux.

– Merci, mon père. Vous écouter me fait toujours un bien fou.

Les cloches cessaient juste de sonner lorsque les d'Arc rentrèrent chez eux. L'abbé Séroux s'était arrangé pour glisser un mot aux parents à l'insu de Jeanne. À son avis tout était « OK », comme disait un de ses fidèles anglais. Jeanne avait mesuré l'absurdité de sa folie de gamine. Il confessait beaucoup de jeunes, il connaissait par cœur leur mentalité papillonnante. Sitôt entichés d'une chose, ils passaient à une autre. Mme d'Arc pouvait dormir sur ses deux oreilles à présent. Jeanne n'irait jamais à Vaucouleurs.

À l'heure du repas, Jeanne se comporta d'une façon qui laissa ses parents pantois. Elle dressa la table, alla au puits chercher de l'eau, éplucha quelques légumes et fit rôtir les pièces de chevreuil du dimanche. Elle leur servit ces mets avec style et application. Père et mère échangèrent des mimiques stupéfaites dans son dos.

Ce n'est qu'à la fin du repas, en leur apportant une corbeille de pommes accompagnée du plus doux des sourires, qu'elle les entreprit. Un jour, ne lui avaient-ils pas parlé de la cousine Eulalie de Provins qui élevait des lapins ? Si elle s'en souvenait bien, il avait été question qu'elle la rejoigne pour travailler avec elle. L'idée semblait séduisante, mais elle avait songé à quelque chose de mieux pour ses chers petits parents. Jacques et Isabelle, babas, l'écoutèrent tout ouïe. À la citadelle de Robert de Baudricourt, on employait sans aucun doute des lingères, des cuisinières et des nounous. Puisque son père levait la dîme pour lui, ils devaient être en excellents termes. Ne pourrait-il pas trouver de l'embauche à sa fille auprès du seigneur ? Ce serait moins loin que Provins, elle pourrait ainsi venir souvent embrasser papa et maman.

Isabelle et Jacques se regardèrent, songeurs et embarrassés. Ni l'un ni l'autre n'osait répondre. Jacques lui fit signe de le faire, c'était plutôt le travail d'une femme, *a fortiori* de la mère. Isabelle rougit, se racla la gorge, parla :

– Papa serait ravi de te faire plaisir. Mais par la grâce de Dieu, tu es encore une vraie jeune fille. On ne te surnomme pas « la Pucelle » sans raison. Le terrible problème c'est que tu es jolie, ce qui signifie désirable. Pense à ce que signifie être désirable parmi des soldats. Tu imagines ? À plusieurs, ils vont t'écarter les…

– Elle imagine ! coupa Jacques, agacé.

Isabelle reprit de plus belle :

– Tous les hommes sont des animaux lubriques, vicieux, salaces, obsédés, violeurs.

– Tu généralises, Isabelle.

– Et ton cousin, je généralise ?

– Il vit dans le Midi. C'est différent.

Le ton monta. Ils démarrèrent une de leurs sempiternelles disputes. Jeanne les laissa terminer leur déjeuner en se hurlant dessus. Elle fonça au jardin. Les larmes lui roulaient sur les joues. Elle se laissa choir sur un talus d'herbes folles. C'était écrit, jamais elle ne pourrait rencontrer le dauphin Charles. Elle sanglota longtemps, le visage dans ses mains.

Enfin, à court de larmes, elle se redressa. Dubitative. Elle se parla à elle-même :

– Et Christine de Pizan ?

26

Février, c'était le bon moment de l'année pour épandre le fumier sur les terres encore dormantes. Jacques avait promis au voisin Maïeul Barémont de lui prêter main-forte pour cette tâche. Il se rendit à l'écurie afin d'atteler Pompon au tombereau. Il surprit Jeanne sellant le cheval.

Il lui intima l'ordre d'interrompre son action. Il avait besoin de Pompon à l'instant même. L'autre cheval, le vieux Ruban, n'était plus apte à tirer de lourdes charges. À vingt-neuf ans, il arrivait au terme de sa longue vie de bon cheval. Il n'attendait plus que reconnaissance et affection.

Jeanne, en dépit de ce que lui demandait son père, telle une sourde, amorça le geste de boucler la sous-ventrière de la selle. Il vit rouge. Il agrippa la selle, elle la retint vers elle. Ils tirèrent à hue et à dia. D'une violente bourrade, elle précipita son père fesses dans la paille.

Elle partit. Il resta. Ébahi. Humilié.

Isabelle fut surprise de le voir déjà revenir. Et Maïeul Barémont, alors ? Il demeura bouche close. Blême. Sans expression aucune, ce qui était une certaine forme d'éloquence pour qui avait vécu un quart de siècle à son côté. De toute évidence, ça chahutait à l'intérieur.

Sentant qu'il avait besoin de quelque chose de chaud, elle serra très fort sa tête sur son cœur. Chez son solide laboureur, une telle commotion ne pouvait avoir qu'une origine : Jeanne. Isabelle lut dans son regard éteint. Ainsi, il ne s'était pas rendu comme promis chez Maïeul Barémont. Elle voyait le tableau. Jeanne avait dû s'attribuer Pompon. Jacques n'avait pu que s'insurger. La revêche l'avait rembarré avec dureté. Sensible comme il l'était, son statut de père s'en était trouvé ébréché. Serrant un peu plus fort sa tête sur son sein, Isabelle lui gratta les cheveux comme il aimait.

– Oublie-la. Pense à Jacquemin, Pierre, Jean et Catherine. Dieu nous a envoyé quatre enfants aimants. Alors Jeanne…

Jacques retrouva le sourire. Il avait une épouse amande. Dure à l'extérieur. Douce à l'intérieur.

Jeanne traversa les bois des Combelles vers Neufchâteau en forçant l'allure de Pompon. Elle avait hâte d'arriver à la taverne. Galopant, elle maugréait contre le monde entier. En premier les Domrémois, ces lâches ! Aucun d'eux ne lèverait jamais le petit doigt pour l'aider à secourir leur futur roi. Mais plus tard, lorsqu'il serait intronisé, ils ne manqueraient pas d'implorer ses faveurs et passe-droits. Et puis les Hardt, ces « bons amis » ! Ils l'avaient prise pour une folle. Et encore, ce père pusillanime qui n'osait la présenter à son seigneur… Sans oublier le dédaigneux Colet de Vienne, qui la jugeait d'extraction bien trop modeste pour ambitionner d'entrevoir même un instant le dauphin.

Par bonheur, il lui restait une personne d'envergure parmi ses relations. Seule Christine de Pizan l'appuierait. Et quel appui ! C'est à elle qu'elle aurait dû demander en premier.

Sa hâte à lui parler s'évanouit comme sous l'effet d'un couperet. Les trois roulottes ne stationnaient plus sous les murs de Chez la Rousse. Sa déconvenue la priva de toute énergie. Tremblante, elle se laissa choir de cheval. Un client sortant de la taverne l'avisa. Point n'était besoin d'être grand clerc pour deviner que cette jeune fille se trouvait plongée dans un grand désarroi. Le brave bonhomme compatit. Il informa Jeanne. Après avoir donné une généreuse fête jusqu'au matin, la Vénitienne avait quitté la taverne pour Paris. Un messager lui avait appris que les batailles autour de Troyes avaient cessé. Anglais et Bourguignons retiraient toutes leurs troupes pour les consacrer au siège d'Orléans. Son convoi avait quitté Châteauneuf il y avait une heure environ. Avec un cheval, si on le menait bon train, on pouvait aisément rattraper trois roulottes. Illico Jeanne cravacha Pompon.

La chance lui sourit. Elle n'avait pas parcouru une lieue vers l'ouest qu'elle déboucha sur un gué sous une futaie. Une résurgence de la Meuse formait un petit lac. Y stationnaient les roulottes. Les trois chevaux buvaient. Adossé au tronc d'un hêtre, l'un des gardes jouait du flûtiau.

La surprise passée, Christine de Pizan s'enquit de la raison de cette poursuite. Jeanne fut fière de lui apprendre que l'avoir côtoyée, même une courte nuit, avait chamboulé sa façon de penser, de voir la vie, d'appréhender la place des femmes dans la société. Et même si l'objectif était difficile à atteindre, raison de plus pour s'y employer avec ardeur. Il faudrait que l'on comprenne ici et là que les femmes étaient les égales des hommes.

Christine de Pizan buvait du petit-lait. Toutefois, à quoi bon la rattraper si c'était pour lui apprendre ce qu'elle savait déjà du fond de son âme, puisque c'était le cœur même de ce qu'elle professait depuis plusieurs années ? C'était toute la teneur du livre qu'elle apportait à Isabeau de Bavière ainsi qu'au duc de Bourgogne, Philippe le Bon.

Tout excitée, Jeanne déclara que, forte de son enseignement, elle voulait être présentée à Robert de Baudricourt afin qu'il lui fournisse une troupe lui permettant de se rendre à Chinon redonner vie au dauphin Charles qui s'étiolait comme une plante privée d'eau. Christine de Pizan accusa le coup. Comment ne pas flétrir l'enthousiasme de cette gamine mue par une si belle intention ? Intention toutefois aussi puérile que vaine. Comment lui dire qu'elle rêvait sans la blesser ? Elle prit un temps pour observer Jeanne. Ses mains tremblaient, son front luisait de transpiration, c'était avec des yeux ardents qu'elle la fixait. Ainsi, elle faisait face à une illuminée. Cette fille tenait pour vrai ce que son imagination lui soufflait. Mieux valait aborder la difficulté sous un angle pratique.

– Jeanne, ton projet est d'une merveilleuse générosité. Hélas, rien ne serait plus contre-productif que s'il arrivait aux oreilles de Robert de Baudricourt par une personne recommandée par moi.

– Que me racontez-vous là ? Il n'y a pas plus prestigieux que vous !

– Je t'ai déjà tout expliqué l'autre nuit. Venant de Venise, allant à Paris, si j'ai fait une pause à la taverne Chez la Rousse et non pas à Vaucouleurs, c'est que Robert de Baudricourt m'en veut énormément. Il me bat froid.

– Comment être fâché avec une femme comme vous ?

– Baudricourt est farouchement anti-Anglais et anti-Bourguignons.

– C'est plutôt bien, non ?

– L'ennui, c'est que je présente *La Cité des dames* à Isabeau de Bavière ainsi qu'au duc de Bourgogne, Philippe le Bon.

– Pourquoi ça ?

– Pour une autrice, *Paris is the place to be*, comme diraient les Anglais. À Bourges, le malheureux dauphin, empêtré dans tous ses problèmes, au nombre desquels le siège d'Orléans, a d'autres choses auxquelles penser que la promotion de mon livre ; il se trouve dans un tel état d'apathie qu'il est incapable de passer de l'idée à l'acte. Lui donner mon livre ou le jeter au feu reviendrait au même.

La déconvenue de Jeanne lui fit trembloter les lèvres comme une petite fille qui se retient de pleurer. Même elle ! Même elle la lâchait ! Tout était fichu. Inutile de supporter plus longtemps l'insupportable. Elle enfourcha Pompon. Lui imposa une volte-face. Le talonna. Christine de Pizan bondit. Elle retint l'animal par les rênes.

– Ne pars pas en colère comme une gamine à laquelle on refuse un caprice. Il y a une autre raison pour que Robert de Baudricourt ne te satisfasse jamais : tu es une fille. Il est l'exemple même des hommes que je combats. Pour lui, Dieu a voulu que les femmes obéissent et que les hommes les commandent. On ne le changera pas. Il est inenvisageable qu'il te confie des hommes à tes ordres pour qu'ils t'escortent jusqu'à Chinon.

Pour toute réponse, Jeanne haussa les épaules et détala à bride abattue.

Songeuse et attristée, Christine de Pizan la regarda se dissoudre au loin dans un nuage de poussière sur le sentier forestier. Tout bien réfléchi, n'était-elle pas passée à côté d'une bonne idée ? Elle se remit en mémoire les mots de Jeanne que lui avait rapportés son ami Macaire, effaré : « Dans les années à venir, la femme sera enfin considérée comme l'égale de l'homme. Alors, pourquoi une bergère ne serait pas capable de sauver un prince enfermé dans sa tour ? » N'était-ce pas là l'argument d'un nouveau roman tout à fait révolutionnaire ? Il pourrait fort bien s'intituler *Jeanne d'Arc, un destin prémonitoire*. Christine de Pizan ordonna à un garde de sauter à cheval et de lui ramener Jeanne. *Manu militari* s'il le fallait.

Dans les minutes qui suivirent, Jeanne se tenait devant Christine de Pizan. Celle-ci la priait de bien vouloir l'excuser. En lui répondant à brûle-pourpoint, elle avait trop vite écarté une astuce pour que Jeanne pût rencontrer Robert de Baudricourt. Homme et tout fier de l'être, elle avait d'abord pensé qu'il n'accorderait aucun crédit à une femme qui, pour tout aggraver, était plutôt jeunette. Elle avait omis d'envisager une stratégie pour que Jeanne se fasse d'abord accueillir, puis aider : c'était un dévot. Comme chez tout bigot, sa foi annihilait sa raison. Christine de Pizan réfléchit un instant, puis posa sa question en plantant son regard dans celui de Jeanne :

– Tous t'appellent « la Pucelle », l'es-tu vraiment ? Pourrais-tu le jurer et te soumettre à l'examen de ton intimité ? Au château, ils ne manqueront pas de le faire.

Jeanne rougit et acquiesça sans comprendre cette question qui venait comme un cheveu sur la soupe. Christine de Pizan éclata de rire aux yeux ronds de Jeanne.

– Tous ces bigots sont obsédés par notre virginité. Selon eux, si tu es vierge, le diable n'a jamais pu te corrompre, il est donc impossible que tu sois une sorcière. Pour ces gens, l'alternative, c'est soit la statue, soit le bûcher.

Élaborant son plan plus finement, Christine de Pizan éprouva le besoin de se rassurer. De peaufiner sa stratégie.

– Est-ce que tu connais par cœur la vie d'une sainte ? Peu importe laquelle. Ils vont te tester.

– Dans l'église Saint-Rémy, il y a la statue de sainte Catherine. L'abbé Séroux m'a raconté en long et en large le martyre de cette malheureuse.

– Parfait ! On va ajouter sainte Marguerite. La mère de Robert de Baudricourt s'appelait Marguerite. Il l'adorait. Quand tu frapperas à la porte du château, tu diras au garde que tu dois rencontrer son seigneur parce que tu as vu sa maman. Elle est morte il y a trois ans, il ne pourra que te recevoir.

– Il ne croira jamais ça.

– Détrompe-toi. Les bigots croient autant aux divines apparitions qu'aux fantômes envoyés du diable. Ce qu'ils croient leur paraît plus vrai que la réalité.

– Et comment je fais, une fois face à lui ?

– Tu lui dis que tu rêvassais au Bois-Chenu, à l'arbre aux Fées. Soudain, sur la branche d'un hêtre, une lueur aveuglante t'a surprise. Te sont alors apparues sainte Catherine et sainte Marguerite. On va rajouter un homme. Pour lui, ça fera plus sérieux que deux femmes seules, ce sera une caution. Il y avait saint Michel, aussi.

– Je n'oserai jamais.

– Si, tu vas oser ! C'est ta seule et unique chance pour aller à Chinon. Tu lui diras que les trois saints, dont sainte Marguerite, la patronne de sa maman, ont exigé qu'il te mette sous la protection d'une escorte afin que tu ailles à Chinon redonner vie au dauphin Charles.

– Et s'il ne le fait pas ?

– Il le fera. Il sait depuis ses premières leçons de catéchisme que désobéir aux saints qui se sont donné la peine de t'apparaître, c'est l'enfer direct ou d'affreuses maladies.

Oubliant toute déférence, Jeanne sauta au cou de Christine de Pizan. Puis elle partit sur Pompon. Déterminée. Gonflée à bloc.

Attendrie, pleine d'espoir, Christine de Pizan prononça pour elle-même à haute voix un proverbe qui courait à Venise.

– *Se non è vero, è bene trovato.*

27

Pompon cessa de trottiner. Une haie lui offrait des délices, Jeanne lui lâcha la bride sur le cou. Elle se sentait encline à tarder. Ils venaient de dépasser Greux. Ne restaient que quatre lieues à parcourir. Elle fut tentée de faire demi-tour. Le trac lui tire-bouchonnait l'estomac. Jamais elle ne saurait s'exprimer devant le seigneur Robert de Baudricourt. À coup sûr il la regarderait de haut en entendant ses phrases émaillées de mots issus du patois barrois. Cependant, faire demi-tour, c'était s'exposer aux quolibets des Domrémois qui l'avaient vue partir pour le château du seigneur. Plus grave encore, ne pas s'y rendre serait renoncer pour toujours à apporter son soutien au dauphin Charles. Elle prit une grande inspiration, tira les rênes du gourmand et lui tapota le cou.

Isabelle et Jacques tenaient leur étal de légumes au marché de Domrémy. Ils étaient assommés des caquetages qui s'échangeaient autour d'eux au sujet de leur fille. Y participaient Mathilde Hardt et son père, Arceline Masevaux dite Tongue-of-ribaude en raison de sa clientèle anglaise et l'inévitable Joaquin Droiteval. Au lavoir, Mathilde avait rapporté à Arceline que Jeanne avait conçu le projet fou de persuader Robert de Baudricourt de lui apporter son aide afin qu'elle rencontre le dauphin Charles, rien moins! C'est ainsi que son projet dément avait fait le tour de Domrémy.

Joaquin Droiteval, qui n'était pas le dernier à cancaner, donna une fois de plus son opinion sans qu'on la lui demande. Selon lui – qui n'avait jamais eu d'enfant –, un père viril serait vite venu à bout de sa tête de mule de gamine. Avec le fouet si nécessaire.

La moutarde monta au nez d'Isabelle. Elle supplia Jacques de réagir aux imbécillités que venait de proférer Joaquin Droiteval. Jacques grommela sans relever le nez, ne cessant pas de couper les fanes de ses bottes de carottes.

– J'en ai plus rien à foutre d'elle, de lui, de rien du tout. Basta !

Isabelle, au bord des larmes, se décomposa. Elle invectiva les papoteurs :

– Vous lui faites mal ! Allez déblatérer ailleurs ! Si ma fille trouve du travail parmi les soudards du château et se retrouve avec le fruit du péché, moi, c'est au fond du puits qu'on me retrouvera.

Dans la queue, l'abbé Séroux attendait pour une mesure de châtaignes. Il contourna l'étal et vint appuyer la tête d'Isabelle sur son cœur.

– Ne t'en fais pas, ma fille, fais confiance à mon intuition. Au château, on va lui rire au nez.

Par chance, le pont-levis était abaissé. Jeanne se planta devant une monumentale porte cloutée. Elle porta la main sur le heurtoir de bronze fixé sous un judas clos. Son cœur battait à tout rompre, saurait-elle convaincre ? Ne sentait-elle pas le mouton ? Enfin, elle se fit violence, actionna le lourd objet.

Derrière la grille du judas parut le groin d'un gardien peu amène. Il éructa :

– Qu'est-ce que y'a ?

Jeanne expliqua qu'elle venait de Domrémy pour apprendre une chose de la plus haute importance au seigneur Robert de Baudricourt. Le volet du judas se referma en claquant sec. Jeanne se décomposa. Tous les pessimistes avaient raison, elle n'entrerait jamais. Elle ferma les yeux, les larmes qui montaient lui piquaient, elle se cassa en deux sur sa selle pour étreindre le cou de Pompon. Bénéficier de sa chaleur. Tout était fini, il lui fallait retourner à Domrémy, y reprendre *ad vitam æternam* sa morne vie, abandonner l'infortuné dauphin, affronter les goguenards.

Le cliquetis d'une armure la fit sursauter. Un jeune cavalier en armes revenait au château. Jeanne le supplia d'intercéder en sa faveur, le gardien n'avait même pas voulu l'entendre. Le jeune homme haussa les épaules.

– C'est un butor !

Il frappa du heurtoir. Le judas s'ouvrit, la porte du château de même. Comme il allait franchir le seuil, c'est en désespoir de cause que Jeanne prit le courage de proférer le mensonge que Christine de Pizan lui avait soufflé :

– Marguerite de Baudricourt, la maman de Robert, décédée il y a trois ans, m'est apparue en forêt, sur la branche d'un hêtre. Elle m'a chargée d'une commission pour son garçon.

Le cavalier écarquilla des yeux ronds, bouche grande ouverte il se signa. Il entraîna Jeanne à sa suite, l'introduisit auprès du chambellan de Robert de Baudricourt. Celui-ci mit Jeanne en garde : c'était l'heure, ou plutôt devait-on dire les heures de prière du seigneur. Il espérait que la jeune visiteuse n'était pas pressée. Si elle avait quelque achat à faire en ville, qu'elle en profite et revienne dans une heure ou deux. Il éprouva le besoin d'apprendre à Jeanne – qui avait autre chose à penser – à quelle sainte son seigneur vouait ses prières ce jour-là.

– Nous sommes le 21 février 1429, c'est l'anniversaire de la mort de sainte Béatrice de Rome, décédée en 304 après Jésus-Christ. Le seigneur de Baudricourt lui voue une grande ferveur. Il faut avouer qu'elle a eu un destin des plus funestes. L'empereur Dioclétien, qui tuait les chrétiens à tire-larigot, avait noyé ses deux frères dans le Tibre et...

Un garde vint secouer Jeanne. Elle ne connaîtrait jamais la fin de l'histoire de Béatrice de Rome, elle s'était endormie. Elle promit au chambellan de revenir afin de profiter de la fin de son récit.

Découvrant la salle de lecture du château, hormis l'église Saint-Rémy, Jeanne ne s'était jamais tenue sous des voûtes aussi élevées. Elle se sentit petite, écrasée, vulnérable. Au bout d'une interminable table encombrée d'ouvrages, Robert de Baudricourt abandonna un lutrin pour venir faire face à l'arrivante. Grand, rigide, il semblait se trouver dans la trentaine. Son visage glabre affichait des traits aussi réguliers que ceux, idéalisés, des statues. Ses yeux captivaient. Leur bleu clair comme on en voyait rarement lui donnait un regard perçant, au sens de perforant. On aurait pu croire qu'il entrait dans votre tête pour y lire. Sa voix de baryton résonna sous les croisées d'ogives. Elle frissonna.

– Je suis heureux de rencontrer à nouveau la fille de mon bon serviteur Jacques d'Arc. La dernière fois que je t'ai vue, tu étais de la taille d'un gros lapin.

De sa voix de basse, il partit d'un grand rire. La glace était rompue, Jeanne respira. Il reprit :

– Qu'est-ce qu'on me chante ? Maman te serait apparue ?

Jeanne marqua un temps comme pour rassembler ses mots disséminés, les mit en ordre pour formuler des phrases aussi cohérentes que possible, puis elle se lança :

– Seigneur, la personne qui m'a introduite s'est trompée. Ce n'est pas votre maman qui m'est apparue, mais sa sainte patronne, sainte Marguerite. Elle était accompagnée de sainte Catherine et de l'archange saint Michel, insista Jeanne en pensant au *briefing* de Christine de Pizan.

– Trois d'un coup ? Tu n'oublies personne ?

Le ton se faisait moqueur. Jeanne prit une respiration avant de délivrer son message d'une voix blanche :

– Ils ont demandé que vous me fournissiez une escorte pour que j'aille sortir le dauphin de ses langueurs d'âme.

– Une escorte ? Pourquoi pas une compagnie, ou mieux, un bataillon ? C'est cinq cents hommes. En dépit des attaques anglo-bourguignonnes, ils n'ont rien à faire en ce moment, ils s'ennuient à mourir. Une promenade à Chinon les distrairait bien.

Il frappa dans ses mains. Deux gardes parurent. Il cria un ordre.

– Vous remettrez de ma part cette illuminée à sœur Saint-Irénée, la mère supérieure des dominicaines à Toul. Qu'elle l'enferme en cellule le temps qu'il faudra pour lui remettre les idées à l'endroit. Si jamais c'est possible…

Comme ils la saisissaient, elle se débattit de toutes ses forces en hurlant :

– C'est la vérité, seigneur ! C'EST LA VÉRITÉ !

Un jeune homme, alerté par les cris de Jeanne, surgit dans l'ouverture de la porte qu'il écartait avec précipitation.

– Qu'est-ce qui se passe, Robert ?

– Rien de grave, René. Cette malheureuse gamine est victime d'hallucinations tant visuelles qu'auditives. Elle a vu trois saints sur une branche d'arbre qui veulent que je lui donne une escorte pour aller sortir de l'ornière notre dauphin Charles à Chinon.

– Pas si vite, Robert. Enferme-la avec le messager qui m'informait de la situation à Orléans. J'ai besoin de te parler seul à seul.

On enferma Jeanne dans la pièce où se tenait le messager dont elle avait interrompu le compte rendu : c'était Colet de Vienne. Elle s'effondra dans ses bras. Il la gronda.

– Tu es contente, maintenant ? Je t'avais prévenue que tu allais commettre une folie. Cet homme avec qui j'échangeais, c'est René d'Anjou, duc de Bar et de Lorraine. Il est le fils de Yolande d'Aragon, qui a été la nounou du dauphin Charles quand il était petit, alors que sa mère Isabeau de Bavière refusait de s'en occuper. Yolande d'Aragon lui a donné sa fille Marie en mariage. Tu sais à qui tu viens de couper la parole ? Au beau-frère du dauphin Charles !

Jeanne demeura atterrée. Elle se mordait les doigts d'être venue en dépit de tous les conseils. Ce château était le piège où elle venait de se fourrer toute seule. Elle finirait sa vie enfermée au couvent des dominicaines, à Toul. Et le pauvre dauphin serait abandonné à son funeste destin. Elle craqua. Seul le soutien de Colet de Vienne lui permit de se tenir debout.

Tandis que Jeanne se lamentait sur le sort qui serait le sien, Robert de Baudricourt écartait les arguments en faveur de Jeanne que lui présentait René d'Anjou.

– Non, René ! Ton beau-frère le dauphin ne la recevra jamais. Il a déjà reçu moult charlatans qui lui promettaient la guérison de son papa Charles VI. Quant à moi, il m'en voudra de lui envoyer une folle de plus pour lui faire perdre son temps, alors qu'il est au fond du trou à la veille d'une catastrophe à Orléans.

– Robert, c'est la France qui va passer à côté de sa dernière chance si tu ne m'écoutes pas.

– Retourne à ton messager, René. Il y a plein d'espèces de guérisseuses, de mystiques, d'astrologues, de prophétesses bidon dans la région. Elles affirment toutes que la France, perdue par une femme – Isabeau de Bavière, avec son maudit traité de Troyes –, sera sauvée par une vierge venue des marches de Lorraine. Tu vois qu'elle n'a rien d'original, ta folle.

– Tu sombres dans le rationnel, Robert. Qu'est-ce qu'on risque à risquer ?

Robert de Baudricourt écouta, dubitatif, tandis que René d'Anjou développait son argumentation. Dans moins d'une semaine, les remparts d'Orléans s'effondreraient. C'était ce que venait de lui apprendre Colet de Vienne, dans la pièce voisine. C'en serait fini du royaume de France. Après avoir perdu toutes ses batailles, le dauphin Charles avait perdu la confiance de ses troupes, tous déprimaient, inaptes au combat, et il était impossible de recruter, faute d'argent. Alors ?

– Ben oui, j'sais bien. Qu'est-ce que tu veux que je te dise ? avança Robert de Baudricourt, dépité.

Lorsqu'il avait une plaidoirie à remporter et qu'il devait clore, René d'Anjou ne détestait pas faire montre d'un petit soupçon de pédanterie. Il lâcha :

– Dans la situation présente, le dramaturge grec Euripide, s'il avait parlé latin, aurait dit que cette fille est le *deus ex machina* qui saura bouter les Anglais hors de France.

Robert de Baudricourt en resta baba. Va pour la gamine, se dit-il, convaincu. Toutefois, il leur fallait rester prudents. On fit venir une matrone pour examiner l'intimité de Jeanne, s'assurer qu'elle méritait bien son surnom de « Pucelle ». Et, comme deux précautions valaient mieux qu'une, on convoqua un prêtre exorciste réputé, le père Ascelin, grâce à qui le diable, les jambes à son cou, avait toujours quitté le corps des possédés.

Colet de Vienne contribua à la décision d'engager Jeanne en leur rappelant qu'elle avait fait merveille face aux pillards en prenant en main la défense de Domrémy au pont romain. Messager, il connaissait tous les détours et chemins secrets pour parvenir à Chinon sans se faire intercepter par l'ennemi. Il leur signala que le voyage comptait cent lieues, qu'il faudrait dix jours, à raison de six heures de chevauchée nocturne pour ne pas se faire repérer.

Robert de Baudricourt constitua l'effectif du groupe. Il se composerait de son écuyer Jean de Metz, de Bertrand de Poulangy, ami du père de Jeanne, de quatre hommes d'armes pour dissuader les soldats entreprenants, enfin de Colet de Vienne qui les guiderait. Assez parlé. Jeanne avait sa matinée pour aller embrasser les siens.

Avant qu'elle sorte, René d'Anjou la retint par la manche. Il connaissait son beau-frère par cœur. Arrivant à Chinon, il lui ferait un tour qu'il adorait faire pour confondre les imposteurs prétendument guidés par Dieu. Il se cacherait parmi une dizaine de courtisans, habillé comme eux. Il faudrait qu'elle aille droit sur lui. Pour qu'elle puisse le reconnaître, il sortit d'un tiroir une xylographie représentant le dauphin Charles. Jeanne la connaissait, c'était la même que celle que Christine de Pizan lui avait montrée. Elle fit semblant de la découvrir, se gardant bien de leur dire qui la lui avait montrée, puisque Robert de Baudricourt était brouillé avec elle.

Lorsqu'on apprit que Jeanne avait la bénédiction de Robert de Baudricourt, une clameur exaltée monta de Domrémy. On louait l'héroïne qui allait rendre le village célèbre dans le monde entier. Plus personne ne se souvenait qu'on l'avait naguère prise pour une folle. Le village retournait sa veste*.

Macaire Burey ne participa pas à la joie collective. Il alla se réfugier auprès de ses manuscrits. Il s'interdisait de pleurer en public.

Pour les parents, ce fut plus compliqué. Ils étaient envahis de fierté, alors qu'en même temps leur cœur saignait. Jacques se demandait : pour qu'elle ait envie de quitter le foyer si tôt, qu'ai-je trop dit ? Que n'ai-je pas dit ? Que n'ai-je pas entendu ?

Isabelle se faisait un sang d'encre. Sa toute petite fille au milieu de soldats. Elle n'osait l'imaginer. Elle demanderait à l'abbé Séroux combien il lui faudrait égrener de chapelets pour que ce voyage se déroule sans encombre. Les nuits étant humides en Champagne, elle lui donna le paletot qu'elle s'était tricoté pour elle-même et lui beurra des sandwichs pour le trajet.

Montant Pompon, elle s'éloignait sur le chemin de Vaucouleurs. Isabelle et Jacques regardèrent son joli dos rapetisser jusqu'à ne plus le voir. Ils s'étreignirent. Il faudrait qu'ils s'aiment très fort pour que la maison ne soit pas trop vide. Isabelle lui glissa à l'oreille :

– Pourvu qu'elle ne nous fasse pas une mauvaise réputation.

Notes

p. **26** :
On aura commis une erreur si l'on a compris qu'il était ici fait allusion au thé que nous connaissons. Nous sommes en 1428 et chacun sait que le thé n'arriva en Europe qu'à la Renaissance. Après que les Indes furent découvertes. Auparavant, les Anglais buvaient une décoction de gazon bouilli dans de l'eau. Ils appelaient ce breuvage « thé ». Le nom est resté.

p. **38** :
En 1428, toute la partie nord de la France, au-dessus de la Loire, était occupée par les Anglais depuis neuf décennies. Il y eut nécessairement de nombreux apports linguistiques. On pourrait aujourd'hui trouver une équivalence assez proche de « Tongue-of-ribaude » avec « Langue de pute ».

p. **40** :
Coming out est un apport linguistique venu des soldats anglais. Pour ces occupants, de culture libérale, aux goûts très éclectiques, peu importait le sexe des Français qu'ils violaient.

p. **57** :
L'infortuné roi Charles VI resta en arrêt-maladie pendant trente ans. Il mourut sans même profiter de sa retraite. « Le fils du zinzin » était une façon très désobligeante d'appeler le dauphin, dont le père, Charles VI, avait perdu la boule. Il se prenait pour une carafe en cristal, terrorisé à l'idée qu'on pût le briser. Ce qui, de son point de vue, était logique, mais vu de l'extérieur ça n'inspirait guère confiance quant à son aptitude à gouverner.

p. **140** :
Il faut se garder de se moquer. En ce temps-là, un troupeau victime d'une épidémie c'était le diable, une clef perdue retrouvée c'était saint Antoine.

p. **142** :
Ils ignoraient ce que chacun de nous ferait bien de savoir : juste après avoir eu très chaud en se battant, ne jamais plonger dans un fleuve gelé.

p. **185** :
« Pas grosse tête pour un écu » : l'expression ayant évolué avec le temps, on dirait aujourd'hui « pas grosse tête pour un sou » ou, chez certains auteurs de polars, « pas grosse tête pour un rond ».

p. **195** :
À simple titre de comparaison, imaginons qu'une sœur du général de Gaulle ait épousé Adolf Hitler.

p. **203** :

« Il remit sa déclaration d'amour dans sa poche » : nous savons tous que le haut-de-chausses ne comportait pas de poches. Il s'agit ici d'une licence poétique.

p. **241** :

« Le village retournait sa veste » : chacun sait fort bien qu'aucun village n'a jamais porté de veste. Il s'agit là d'une métonymie.

Cet ouvrage a été composé
par Soft Office (à Eybens)

Impression réalisée par

NORMANDIE ROTO IMPRESSION S.A.S.
à Lonrai (Orne)

en mai 2025
pour le compte des Éditions de l'Archipel,
département éditorial
de la S.A.S. Écriture-Communication

#lisez! engagé
www.lisez.com
Pour plus d'information :
Imprimé sur du papier issu de forêts gérées durablement.

Imprimé en France
Rang de tirage : 01
N° d'impression : 2502374
Dépôt légal : septembre 2025